林鍾隆集

台灣作家全集

短篇小說卷

召集人／鍾肇政

編輯委員／張恆豪（負責日據時代作家作品編選）
彭瑞金（負責戰後第一代作家作品編選）
林瑞明（負責戰後第二代作家作品編選）
陳萬益（負責戰後第二代作家作品編選）
施　淑（負責戰後第三代作家作品編選）
高天生（負責戰後第三代作家作品編選）

資料蒐訂／許素蘭、方美芬、洪米貞

編輯顧問／
（臺灣地區）：張錦郎、葉石濤、鄭清文、秦賢次、
宋澤萊
（美國地區）：林衡哲、陳芳明、胡敏雄、張富美
（日本地區）：張良澤、松永正義、若林正丈、
岡崎郁子、塚本照和、下村作次郎
（大陸地區）：潘亞暾、張超
（加拿大地區）：東方白
（歐洲地區）：馬漢茂

美術策劃／曾堯生

台灣作家全集

短篇小說卷

少年時代的林鍾隆

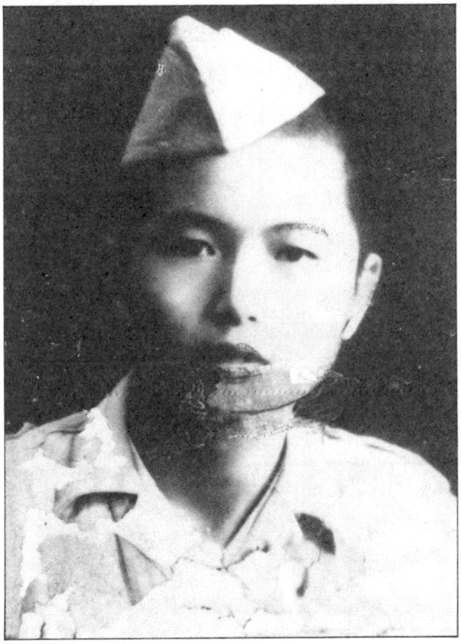

師範一年級時的林鍾隆

三十歲時的林鍾隆

四十五歲時的林鍾隆

林鍾隆與日本作家石田道雄於日本川崎市合影

林鍾隆與日本童話會長後藤楢根於東京合影

林鍾隆於家中留影

林鍾隆於十分瀑布留影

林鍾隆於韓國慶州留影

林鍾隆登雪山東峰留影

林鍾隆伉儷於草嶺留影

出版說明

《臺灣作家全集》是臺灣新文學運動以來最有意義的選輯，也是臺灣文學出版上最具示範的創舉。全集係以短篇小說爲主體，以作家個人爲單位，涵蓋一九二〇年至九〇年代的重要作家，縫合戰前與戰後的歷史斷層，有系統地呈現了現代文學史上臺灣作家的精神面貌。

在內容上，包括日據時代，由張恆豪編選；戰後第一代，由彭瑞金編選；戰後第二代，由林瑞明、陳萬益編選；戰後第三代，由施淑、高天生編選。全集計劃出版五十冊，後每隔三年或五年，續有增編，一人以一冊爲原則，戰前部分則因篇幅不足，有二人或三人合爲一集。

在體例上，每冊前由召集人鍾肇政撰述總序（文長兩萬字，首冊爲全文，其它則爲濃縮），精扼鉤畫出臺灣新文學發展的歷程、脈絡與精神；並由各集編選人執筆序言，簡要介紹作家生平及作品特色；正文之後，則附有研析性質的作家論，及作家生平寫作年表、小說評論引得，期能提供讀者參考。臺灣面臨歷史的轉捩點，瞻前顧往之際，本社誠摯希望能對臺灣文學的出版、推廣、教育及研究上有所貢獻。

台灣作家全集

短篇小說卷

緒言

鍾肇政

時代的巨輪轟然輾過了八十年代，迎來了嶄新的另一個年代——九十年代。

發軔於二十年代的台灣文學，至此也在時代潮流的沖激下，進入了一個極可能不同於以往的文學年代。

然則這九十年代的台灣文學，究竟會是怎樣的一種文學？

在試圖回答這個問題之前，我們似乎更應該先問問：台灣文學又是怎樣一種文學？

曰：台灣文學是台灣本土的文學、台灣人的文學。

曰：台灣文學是世界文學的一支。

倘就歷史層面予以考察，則台灣文學是「後進」的文學：比諸先進國的文學，即使是近鄰如日本，她的萌芽時期亦屬瞠乎其後，比諸中國五四後之有新文學，亦略遲數年。

只因是後進的，故而自然而然承襲了先進的餘緒，歐美諸國文學的影響固毋論矣，即日本文學、中國文學等也給她帶來了諸多影響。易言之，先天上她就具備了多種特色集於一身，因而可能成爲人類文學裏新穎而富特色的一支——當然這種說法恐難免落入過分單純化機械化的發展論，未必完全接近實際情形。事實上，一種藝術的發芽與成長，土地本身的人文條件與夫時代社經政治等的變易更動，在在可能促進或阻礙她的發展。證諸七十年來台灣文學的成長過程，堪稱充滿血淚，一路在荊棘與險阻的路途上踽踽而行，備嘗艱辛。

職是之故，若就其內涵以言，台灣文學是血淚的文學，是民族掙扎的文學。四百年台灣史，是台灣居民被迫虐的歷史。隨著不同的統治者不同的統治，歷史上每一個不同階段雖然也都有過不同的社會樣相與居民的不同生活情形，而統治者之剝削欺凌則始終如一。七十年台灣文學發展軌跡，時間上雖然不算多麼長，展現出來的自然也不外是被迫虐被欺凌者的心靈呼喊之連續。

台灣文學創建伊始之際，我們看到台灣文學之父賴和以文學做爲抗爭手段之一的筆跡。他反抗日閥強權，他也向台灣人民的落伍、封建、愚昧宣戰。他身體力行，諸凡當時的抗日社團如文化協會、民衆黨和其後的新文協等，以及它們的種種活動，他幾乎是每役必與，並驅其如椽之筆發而爲〈一桿稱子〉、〈不如意的過年〉、〈善訟的人的故事〉等小說與〈覺悟下的犧牲〉、〈南國哀歌〉等詩篇，爲台灣文學開創了一片天空，樹立了不朽典範。

中期，我們又有幸目睹了台灣文學巨人吳濁流之出現。第二次世界大戰進入最慘烈階段之際，在日本憲警虎視眈眈下，吳氏冒死寫下《亞細亞的孤兒》，戰後更在外來政權戒嚴體制的獨裁統治下，他復以《無花果》、《台灣連翹》等長篇突破了統治者最大的禁忌。他不但爲台灣文學建構了巍峨高峰，還創辦《台灣文藝》雜誌，創設台灣第一個文學獎「吳濁流文學獎」，培養、獎掖後進，傾注了其後半生心血，成爲台灣文學的中流砥柱。

七十星霜的台灣文學史上，傑出作家爲數不少，尤其在時代的轉折點上，每見引領風騷的人物出現，各各留下可觀作品。此處暫不擬再列舉大名，但我們都知道，在統治者鐵蹄下，其中尙不乏以筆賈禍而身繫囹圄，備嘗鐵窗之苦者，甚或在二二八悲劇裏飮恨以終者。以所驅用的文學工具言，有台灣話文、白話文、日文、中文等等不一而足，蔚爲世界文壇上罕見奇觀，此殆亦爲台灣文學之一特色。日據時，曾有「外地文學」之稱，輓近亦有人以「邊疆文學」視之，唯她既立足本土，不論使用工具爲何，其爲台灣文學則無庸否定，且始終如一。

不錯，七十年來她的轉折多矣。其中還甚至有兩度陷入完全斷絕的眞空期，其一爲戰爭末期所謂「決戰下的台灣文學」乃至「皇民文學」的年代，以及戰後二二八之後迄國府遷台實施恐怖統治、必需俟「戰後第一代」作家掙扎著試圖以「中文」驅筆創作、接續斷層爲止的年代。一言以蔽之，台灣文學本身的步履一直都是顚躓的、蹣跚的。到了七十年代，鄉土之呼聲漸起，雖有鄉土文學論戰的壓抑，反倒造成台灣文學的欣欣向榮，入了八十年代，鄉土文學不僅成爲文壇主流，益以美麗島軍法大審之激盪，衝破文學禁忌成了不可遏止之勢，於是有覺醒後之政治文學大批出籠，使台灣文學的風貌又有了一變。

八十年代已矣。在年代與年代接續更替之際，正如若干年來每屆歲尾年始，報章上總會出現不少檢討與前瞻的論評文學，也一如往例悲觀與樂觀並陳，絕望與期許互見。有一明顯的跡象是嚴肅的台灣文學，讀者一直都極少極少，在八十年代末期的消費社會、資訊多元化社會以及功利主義社會裏，文學的商品化及大衆化傾向已是莫之能禦的趨勢，於是當市場裏正如某些論者所指摘，充斥著通俗文學、輕薄文學一類作品，純正的文學乃又一次陷入危殆裏。

然而我們也欣幸地看到，八十年代末尾的一九八九年裏民主潮流驟起，舉世爲之震動。繼六四天安門事件被血腥彈壓之後，卻有東歐的改革之風席捲諸多社會主義共產國家，連蘇聯竟也大地撼動，專制統治漸見趨於鬆動的跡象。（草此文之際，世人均看到蘇俄首任總統終告產生。）這該也是樂觀論者之所以樂觀之憑藉吧。

不錯，新的人類世界確已隨九十年代以俱來。即令不是樂觀者，不免也會睜大眼睛看著世局之演變並對它有所期待才是。而九十年代台灣文學，自然也已是呼之欲出！君不見繼八九年年尾大選、國民黨挫敗之後，台灣的民主又向前跨了一步，即令有第八任總統選舉的權力鬥爭以及國大代表之挾選票以自重、肆意敲詐勒索等醜劇相繼上演於國人眼睜睜的視野裏，但其爲獨大而專權了數十年之久的國民黨眞正改革前的垂死掙扎，彰彰在吾人耳目。

在九十年代台灣文學即將展現於二千萬國人眼前之際，《台灣作家全集》（以下稱「本全集」）的問世是有其重大意義的。過去我們已看到幾種類似的集體展示，計有《日據下台灣新文學》（明集，共五卷，明潭出版社，一九七九年三月）、《光復前台灣文學全集》（八卷，後再追加四卷，遠景出版社，一九七九年七月）、《本省籍作家作品選集》（十卷，文壇社，一九六五年十月）、《台灣省青年文學叢書》（十卷，幼獅書店，一九六五年十月）等四種。無獨有偶，前兩者均爲戰前台灣文學，後兩者則爲清一色戰後台灣作家作品。而其中，除最後一種爲個人結集之外，餘皆爲多人合集。値得一提的是後兩者出版時，白色恐怖仍在餘燼未熄之際，前兩者則是鄉土文學論戰戰火甫戢、鄉土文學普遍受到肯定之後，因此可以說各各盡了其時代使命。

本全集可以說是集以上四種叢書之大成者。其一，是時間上貫穿台灣新文學發軔到晚近的全局；其二，是選有代表性作家，每家一卷，因而總數達數十卷之鉅，堪稱自有台灣新文學以來之創舉。是對血漬斑斑的台灣文學之路途上，披荊斬棘，蹣跚走過的前輩們，以及現今仍在孜孜矻矻舉其沉重步伐奮勇前進的當代作家們之獻禮，也是對關心本土文學發展的廣大海內外讀者們的最大禮物。

（註：本文爲《台灣作家全集》〈總序〉的緒言，全文請看《賴和集》和《別冊》。）

目錄

心靈的探險家
——林鍾隆集序

彭瑞金

林鍾隆在戰後第一代作家中，多產和產品類別繁多是他創作上最突出的地方，已出版著作洋洋大觀，將近七十種，有長、短篇小說創作，詩、散文創作，作文指導、兒童文學，有譯作，被稱爲「全能型」作家，應可當之無愧。

出生於一九三〇年的林鍾隆，小時候接受的是日本教育，也屬於跨越語言的一代，雖然因故未參加《文友通訊》，但較之通訊的成員，年紀都輕，受日文的羈絆，相對地也較少，因此他是第一代作家中，中文寫作起步較早的一位，一九四九年，就讀臺北師範時，已開始寫作。

在戰後本土第一代作家群中，林鍾隆的寫作態度和文學觀點，與廖清秀相當接近，他們都接受比較寬泛的文學觀點，有廣袤的文學視野，沒有一定的執著，卻有堅毅的寫作意志，始終以穩定的步伐在寫作的路上前進，四十餘年如一日，從不間斷，累積了可觀的創作量。不過，廖清秀的文字雖也不乏偶有的嘲諷幽默，但本質上更接近古典主義，而林鍾隆擁有的詩人氣質，則是兩人比較明確的分野。

詩人特有的浪漫情懷，以及縝密的思維，使得林鍾隆的文學在人際與感情細微的地方，有他人不能及的表現，基本上林鍾隆的文學，是建立在純粹的文學嗜慾與普遍人性探討的基礎上的，因此，整個作品的發展，並不具備時光段落的痕跡，只看得到由青澀到老練的軌轍。師範學校畢業以後，歷任國校、初中、高中教師，參加高考、檢定考試，創作之餘，也致力語文教學、兒童文學之研究，這些履歷與經驗，顯然有助於瞭解他在文學創作上表現出中規中矩的文學教養的理由，不過，這顯然也是自我設限與極端自制的文學觀，時代的風波、文學潮流的風信，好像都不曾在林鍾隆的創作歷程中留下波痕。

小說創作方面，曾出版有《迷霧》、《錯愛》、《蜜月事件》等短篇小說集，及《愛的畫像》、《暗夜》、《梨花的婚事》、《太陽的悲劇》等長篇小說，夾雜在他繁多的寫作品類中，小說創作的成果，還是凸顯了他緜密有緻的創作力。

收集在這本集子裏的廿五篇作品，從六〇年代到八〇年代都有，橫跨了近三十年的作品風貌，〈暖流〉、〈蠅〉、〈夫婦〉、〈靈魂出竅〉屬於六〇年代，〈那一天〉、〈寡母〉、〈天女〉、〈冰姑〉、〈裝蝦〉、〈粉拳〉依序出現於七〇年代，〈女仙人〉、〈仙醫〉、〈一個男人〉、〈三等人〉、〈雙人床〉、〈最尖端的精神病〉則是八〇年代的作品。這些作品從夫妻生活、親情、教育、鄉野傳奇、人物回憶，除了對人性與生活的觀察、由抽象趨於具象，生活的定義更具現實感外，近三十年的創作流程中，並不具備階段性變化的特徵。

在心靈上，第一代臺灣作家都歷經時代、環境急遽變遷的衝擊，在創作上都有不由自主地、或深或淺走向歷史、涉入現實的經驗，對時空變動的感應敏銳是其共同的特色；林鍾隆卻是相當獨特的例外，時間與周遭環境的變遷，與他的作品幾乎毫不相應，即使回憶裏的、兒時童年的人與事—與爺爺一起砍竹、做笱子（蝦籠）裝蝦、躲空襲—〈裝蝦〉，當醫生、吸鴉片的外祖父—〈仙醫〉，探訪晚景淒涼的奶媽—〈阿球嫂〉，瘦小勤於勞動的外婆—〈女仙人〉，都不例外是塵封記憶中定點的觀照，不外是被截斷的人與事的斷面，與時空的對應關係接近於零；不過，一旦拋棄文學與社會現實對應的執著，把這些作品放在文學是個人內在世界或主觀世界模擬的定位上，則毫無疑問都是技法圓熟、老於事故的佳構了。其中，描寫夫妻感情的微妙、細緻，堪稱妙手，各種不同年代、階層、年齡、形式的夫妻或男女之情，林鍾隆的筆，總能探得其奧秘動人的一面來。〈最尖端的精神病〉，顯然就是作者有意提醒別人注意他在這方面刻劃才能的作品；當教員的妻子要找尋自我，而得了最尖端的精神病，求醫得不著要領，丈夫決心會同子女用家庭療法，卻治癒了妻子，過程的每一個環節都扣緊了新舊女性蛻化過程的困惑。相形之下，〈仙醫〉裏，古早時代的夫妻情，或者，寫小夫妻口角的〈希望〉，寫夫妻冷戰的〈雙人床〉，藉仙女與樵夫的故事、寫不讓丈夫幫忙做家事的〈天女〉；所表現的寫情感的細膩，不過是牛刀小試了。

林鍾隆小說的夫妻篇，多彩多姿，有夫妻細故爭吵，意氣之爭，從冷戰到和解，有來自生活壓力產生的磨擦，有夫妻生活在不同次元的價值困惑，有老夫少妻的隔閡與妙趣。〈粉拳〉一作，更有集大成之勢，新鰥的中年男子，受到亡妻之友的照拂，似有似無的愛意，奇妙的友情夾雜著受到世道人情關防的男女之情，道盡人間情愛的奧妙，似乎和丈夫之間存著某些芥蒂的有夫之婦，關心、安慰亡友的鰥夫，掃地、洗碗、整理房間，付出的是友誼的延長，當自己的婚姻出現了齟齬，自己反而成爲尋求被安慰的對象，當安慰與被安慰交錯，同情與愛情的界線正趨模糊，雙方又能互動地緊守理智的大防。作者藉由一再試探人性韌力的方法，表現人性善的一面，爲情字做了最透澈的詮釋，也讓讀者見識了他在文學技法上的精妙。

由此，也隱約可以看到，林鍾隆的文學長期徜徉此間從事心靈的探險，而頗能自得其樂，也有理由讓人相信其間有無遠弗界的開闊文學拓展空間，值得作家奔馳一生；不過，情愛世界的空泛，正好又是現實空間上的浮游群落，在熱鬧滾滾的文學紅塵世界裏，恐怕無法避免踽踽獨行的孤寂。數十年來，林鍾隆文學走的是另一種極端。

粉拳

我正在樓上書房寫作，忽然聽到樓下有大門被推開的聲音，也聽到腳步聲走進屋裏，但是，沒有招呼，沒有叫人。

我知道，這一定是淑芬，除了她，沒有人膽敢在我家如此放肆的。

本來，她愛做什麼，我就可以讓她去做什麼，我儘可寫我的文章，到她把想做的事情做完了，她就會自動上樓來找我。我不招呼她，她也不會生我的氣。

不過，人家是懷著十二萬分的好意來看我的，不下去招呼一聲，似乎太不夠意思了。至少我不要她誤以爲我故意不理會她，或被認爲她來不來我都不在乎，甚至怕被以爲我是不歡迎她來的。我很感激她的好意，我要讓她知道，我是歡迎她來的。

於是，我放下了筆，緩緩走下樓去。

她在廚房裏，已響起了水聲和碗盤聲。

我走到廚房門口，見她半傾上身在洗碗盤。

她有個壞習慣，洗碗不繫圍裙，說那樣不好看。

今天她身上穿的，是藍色絲絨的旗袍，外加一件同料同顏色的披肩，而我的洗手臺設備不佳，肚子會貼到臺緣，衣服多半會弄髒。

「怎麼不繫圍裙呢？」這是我的第一聲招呼。

「我沒有那種習慣。」她沒回過頭來。

「在家你是穿舊衣服，」我走過去。「現在你是穿外出的衣服。」

「我會小心。」她還是沒回頭。「好多天沒有洗了，我看不慣。」

不能爲了我的懶，害她的高價新衣被油污弄髒，我拉下吊在牆壁鋼釘上的圍裙，彎手從她前面放過去，抓住帶子，在她身後綁起來。

她忽然把洗碗的工作停下來了。彷彿思考著什麼，彷彿內心興起了一股不凡的情潮，也彷彿想有所決定，又拿不定主意似的，一時，很尷尬地沉默著。

我從未體會過，時間居然像走在塗有強力膠的地板上面一樣，挪不動脚步。漫長的五秒、十秒都過去了，我也不知道在此刻，設法破除沉默好，還是守望其發展好。

突然的，兩滴眼淚，掉落在已趨平靜的水盆裏。這一下，她眞的抑不住激動了，一扭腰，身子像急轉彎的車身，一下子轉過來，兩隻淚汪汪的眼睛，憤怒地，責怪地瞪著我。

「你怎麼可以對我這樣子！你太太是我最好的朋友，我是有丈夫的女人。你怎麼可以對我這樣子！」

這種結果，是我萬萬沒有想到的。怕她糟蹋高價新衣，給圍上圍裙，是應該的，而且我並沒有碰到她的身子，並沒有乘機吃豆腐的邪念。

我很驚異地茫然望著眼前似乎要發作的母獅，看她下一步要做什麼。反正我問心無愧，我沒有退縮的必要。而且，她的攻擊，不拿任何工具的，我也不怕。

顯然，光是瞪著，她的情緒沒有辦法平靜。她必須要發洩，才能使心海中的狂潮退去。

她不顧一切地衝向我，舉起拳頭，在我的胸口捶打起來了。

「你怎麼可以對我這樣子嘛！你怎麼可以對我這樣子嘛！」

她好像閉住了眼睛，拳頭卻不盲，一記記都落在我的胸膛上。

每天做伏地挺身五十次的胸部，肌肉相當結實，承受無縛鷄之力的女人的粉拳，倒沒有什麼大問題。

妻在世的時候，淑芬三天兩天就會來一次，我跟她雖然說話不多，也算是我的朋友。只是，沒有想到，在妻過世一年後，我還沒有失去這個女性的朋友。

在妻下葬後那個傍晚，淑芬勉強她不善勞動的身子，把屋子的裏裏外外打掃乾淨，把屋裏很多的東西，都擦淨，盡量擺回原位。

我說：「等我心情好些，再慢慢整理好了。」

「你做不了那麼多的。」她說，「我幫你做些，可以輕鬆些。」

到她自以爲做得差不多了，在沙發上坐下來的時候，她已無法坐直身子，上身軟軟地靠在椅背上。

「你要好好休息幾天，怕要把你累出病來了。」我是說不出的感激。

「不會的！」她勉強笑笑。「回去睡一覺，明天就好了。」

「不要太難過。我會再來看你。」她又說。

當她在晚上九點多，擦著眼淚，跨上摩托車時，我只有對她說：

「身體累了，騎慢一點，小心些。回到家，給我一通電話。」

她再看了我一眼，走了。

雖然，她說她會再來看我，我懷疑，她可能不會再來。女人，怎麼好去沒太太的人家裏，看一個男人呢？

新鰥的寂寞日子，天天盼望有人來。有人來聊天的時候，才可以從哀傷中解脫出來，享受到短時間的喘息。

淑芬，是那個時候所盼望的一個人。

可是，日子一天天過去，見不到淑芬的影子。她是個女的，也就不敢打電話請她來陪我。

終於不得不告訴自己，她是想來的，只是她不敢來了。

想不到，在整整一個月後，她終於來了。

看到我，勉強笑了一下，笑容馬上又收斂了。

在沙發上坐下來。我說：「我倒一杯茶給你。」

我正要起身，她卻搶先站起來。

「不要！我自己來。」

於是，她自己走到廚房去，端了兩杯茶出來。

啜了一口，她就放下茶杯，迫不及待地說：

「很慚愧，今天不是爲了看你來的，是爲了我自己來的。」

「怎麼這樣說呢？」

「我已憋了一個月了，沒有找你談談，情緒平靜不下來。」

「是什麼事呢？儘管說吧。」我擔心她不放心說。

「我到這裏，幫忙了幾天，沒在家的時候，我先生亂翻我的東西，抽屜裏，有幾封從前男朋友寫給我的情書，和男朋友寫有情話的畢業紀念册。那是我很寶貴的東西，都被我先生燒掉了。……」

她眨了眨眼睛，淚水湧出來了。

「那是我婚前的東西，他不應該嫉妒的。那紀念册，有很多同學、老師寫給我的，很有紀念性的話，每次拿出來讀，都會湧起很多的回憶。從前的男朋友的話，讀起來還是有一種甜蜜。那是我很寶貴的精神財產。他不應該不知道，他不該對我如此狠心，一嫉妒就把它燒掉的……」

她的眼淚，成串地落下來了。淚水滴到她的衣襟上、腿上，她都不去擦拭，好像那是無能爲力的事，不去理會。

我以爲她是忘了手帕。從褲袋裏掏出手帕來，遞給她。

「我自己還沒用過，很乾淨，不要顧慮。」我說。

「不要！」

她伸手推開。

「擦一擦嘛！」我重新把手帕遞過去。

她這才接過去，在臉上，印了兩下，才忽然想起似地說：

「我自己有。」

於是，打開身邊的手提包，拿出了花手絹。

「老早就想來了，」她說，「一直忍著，忍了一個月了。」

她的眼淚又撲簌簌地落下來了。

我是最怕女人哭的。看女人一哭，我就不知如何是好了。

「男人多半都是嫉妒心很強的。……」

「他不應該這麼小心眼的。那又不是現在的，是跟他認識以前的。」她打斷我的話。

「我也不知道該怎麼說，他把東西燒了，也許是不對的，不過，如果替他想想，看到當時，他心裏一定很不愉快，他會這樣狠，一定是他對你的愛，很深……」

「愛我，就不應該做出那種會叫我傷心，甚至會怨恨的事情！」

「我以第三者的立場來看。在婚後，個人的東西，都不是最重要的了。要緊的是兩人共有的東西，而會引起不愉快的，倒不如毀滅掉，另外製造兩人共同擁有的甜蜜。你想對不對？」

「嗯。」她十分讚同地連點幾下頭。

再擦擦眼淚，她終於抬起頭來，很注意地看了我一下，彷彿要曉得我說話的誠意似的。

「我先生只了解自己，完全不會想辦法體會人家的心情。他的愛情，只是有個女人好抱，好滿足需要就快樂，從來不知道，怎樣想辦法使自己的女人高興。」

「他是學農化的，向他要求調情，不太容易。」

淑芬抿緊嘴唇，抬頭仰望著窗外的天空。

藍藍的天空，飄著三兩朵絲絲的白雲。

「我的氣差不多消了。好過許多了。」她站起來說，「你的地板，好久沒掃了，我給你掃掃地。」

「不要啦。」我趕忙阻止。「過一兩天，我會整理。」

「那麼髒，我看不慣。」她說，「你上樓去讀書寫文章，我來掃。」

她捲起袖子，拿掃帚去了。

又不知過了多久了。電話鈴響，我拿起話筒，忽然聽到淑芬的聲音。

「建利！不！黃先生！我今天好氣，氣得哭了。沒有跟你講一講，心不會平。」

「你說吧！是什麼事？」

「我最近交了一個朋友，她要錢用，我借給她應急，她要我參加她邀的會，我也參加了。我最近兼做外國化粧品和藥的零售生意。有一天，一個顧客來找我，剛巧我出去，那個朋友來找我，正好在我家，她居然介紹那位客人，到別人那邊去買，賺取介紹費。

今天那個店的老闆在電話中，問我是不是缺那種貨，才在無意中透露出來的。……建利！不！黃先生！你說，這樣的朋友，叫不叫人生氣！我已經被騙了好幾次了！」

我禁不住笑了。

「爲什麼笑呢？」

「你才第一次被出賣，怎麼說是受騙好幾次呢？——以前你並不知道她不好，今天是第一次知道她不好。」

「對啊！我怎麼會以爲被騙了好幾次呢？」

「而且，只是小騙，不是大騙，也算是很幸運的了。要是上了大當，那才不得了呢！」

「哎！跟你說話，眞管用，我不再難過了。」

話忽然停了。

她沒說話，我也一時不知說什麼好。在這尷尬的時刻，很想找一兩句話說。

「難過的事忽然沒了，沒想到，這麼快就解決了問題，是嗎？」

「嗯。」她的聲音拉得長一點，好像在思索。

因此我等著她說下去。

「……你有沒有希望我到你那裏去？」

「這，不好回答。」

「爲什麼不打電話來，叫我去！」

「不敢。」

「是想，而不敢？」

「……」我沒有回答。

「爲什麼不敢？」

「你是有先生的人，我現在家裏又沒有女人。」

「我是你太太的好朋友，你對我也很好……我們也是朋友嘛！」

「還是怕人閒話。」

「我會再去看你。再見了！謝謝你。」

有一天，吃過晚餐，收拾好碗筷，在沙發上享受飯後一枝煙的時候，她突然推開門撞進來。

「今天情緒不好，不敢騎摩托車，我坐計程車來。」她報告著，在沙發上坐下來，又說：

「我跟我先生吵架了。」

「夫婦吵架，不要太認眞，半玩笑的好。」我說。

「能半玩笑，就不會吵架了。」

「吃過飯沒有？」

「正想做菜，他回來，還沒飯吃，肚子又餓，就罵人，我就跟他吵起來，一氣，就出來了。」

「我先打電話告訴他，讓他知道，你在我這兒。」

「不要！讓他去急得團團轉才痛快。」

「不要太折磨人家，我去打。」

「你打，我馬上走！」

「你這樣走，那就多一個人爲你急了。」

她半斜著眼，睨了我一會，微微一笑：

「好嘛！你去打！」

我上樓，把她留在樓下。她也沒有跟上來。

「淑芬在我這兒，不要擔心。」

「我才不擔心哪！」

「怎麼說這樣的話？要是我轉告她，她會多傷心！」

「我不管！她都可以不管我、我還管她幹什麼！」

「夫妻，怎麼可以有這樣的報復心理呢？都只是一時的氣，過一會就會好的啦！」

「一會，就不好過。」

「我知道。不過，不分開一下，會繼續吵下去，更不好過。」

「唔……」

「等一下你來載她好不好？」

「我不去！」

「女人家，是比較喜歡男人先對她好的。」

「我不想去。」

「夜裏，一個女人，坐計程車也不方便。」

「痲煩你送她回來。」

「送，是沒問題，你來接，她會比較高興的。」

「我現在沒有心情討好她。」

「那，等一下，心情好些，打電話過來跟她談談話。」

「我會考慮。」

「那你放心，我會勸她。」

「謝謝你！」

他先把電話掛斷了。

我怕下樓的脚步慢，引起淑芬的多疑，半跑著下去。

淑芬一見到我，就迫不及待地問：「他怎麼說？」

「他說，待你心情好了，就儘快回去。」我撒個謊。

「他沒說要來接我嗎？」

「我告訴他，我會送你回去。」

「哦！」

淑芬有一點茫然，彷彿有一點失望。

爲了排除她不悅的心情，我趕忙說：

「我去煎個荷包蛋給你吃。飯還有，還熱。」

「好！先謝謝你。」她坦然接受了。

以前她來找妻，碰上吃飯時間，都是給她們去聊個夠，由我掌廚，我才知道，她最喜歡我煎的荷包蛋。

荷包蛋煎好了，她也到廚房來了。

「要我陪你，還是要自己在這裏吃？」我問她，怕走了，以爲被冷落。

「你在這裏，我吃不下。」她笑笑，望著我。

「那我就到樓上去。」

留下她，我離開了廚房。開了電視，才坐下一會兒，她卻端著碗上樓來了。

「一個人吃，一點意思都沒有。」

「奇怪的女人！」我笑笑逗她。

「嗯。前後矛盾！」她說，「我要你也吃一點。」

「我吃飽了！那是給你吃的。」

「你沒吃一點，我吃不下。」

她夾了一小片蛋，要我吃。

「一口就好。不可以再來。」我先聲明。

「好！」

我接受了她的好意。

她果然很守約，一邊聊天一邊吃，沒有再要求我分享。

吃下了一碗飯，她下去，把碗筷洗好，馬上又上來了。

「現在，心情好了沒有？」我問她。

「早就好了！」她說，「想來你這裏，就已經好了一半，來到這裏，就全好了。」

聊了一會，我就催她：「該回去了。」

「眞不想回去！」

沒想到她會說出這樣的話，面頰上還飛上了兩片紅霞，眼睛羞澀地閃鑠著。

「不回去，事情就要鬧得更大了，我就沒有信用了，你也不能再來了。」

「可能。」

「還是乖乖回去。」

「好。聽你的。」

好像不是爲了我，她不回去似的。

我任她的粉拳在我胸膛捶打，像一堵牆，挺在那裏。

她停下了手，但沒放下，仍舊擧著，彷彿還要捶打，只是一時停下休息似的。

我沒開口，她又說：

「你怎麼不打我？怎麼不罵我？怎麼任我放肆，你可以罵我，你可以打我，你怎麼都不反抗，也不阻止？」

我盡量若無其事的望著她，沒有回答。

「你知道，這樣，對我是很危險的，很不好的。」

不知爲什麼，她的眼淚，流出來了。

「對不起！我把你的衣服弄濕、弄髒了。」

她上前一步，好像要看清弄髒的地方，卻像要投入懷抱一般。

但她在頭要向我肩膀靠過來時，馬上警覺地彈了回去。

「眞恨自己不是女力士，把你捶個半死！」

說著，又在我胸前，打鼓似地捶了兩聲，就轉過身去，繼續她的洗碗工作。

「我到樓上去了。」

我報告一聲。她沒有回答。

我在樓上，躺在搖椅上抽煙。

我想：她洗好碗，可能不會上樓來。她多半會默默地推開紗門走出去，不會來跟我打招呼。

要是如此，我敢斷定，她不會再來了。

我聽著廚房傳來的聲音。

我聽到，碗櫥門開了又關的聲音，聽到洗碗盆掛起來的聲音。聽到她的高跟鞋聲走到門口。停了一會，沒有任何聲息。

然後，紗門被推開，碰到了牆壁的牆，發出很大的聲音。令人想到推門的人相當生氣。

她眞的走出去了。

完了！妻死了，妻的朋友也遠去。

忽然，又聽到高跟鞋閣閣地響回到門口，而且沒脫，就上樓來了。

「我要走了，為什麼不打招呼？」她青著臉責問我。

「我以為你會先招呼一聲。……」

「什麼都要我先做，你就不會先做一次……」她輕輕地翻翻白眼。「可憐的男人！」

我笑了。我不確實知道，自己笑什麼意思，也許只是為了打破尷尬的氣氛而已。

「我問你！我要你老實告訴我，我剛才打你的時候，你對我，怎麼想？認為我是潑婦？神經病？躁脾氣？壞東西？兇婆子？出洋相？……」

我一一搖頭。

「那你想什麼？」

「我想的，不能對你說。」我說。

「不是不能，是不敢，對不對？」她變得咄咄逼人。

「……」因為不能說，所以我保持沈默。

「我知道了！再見！」

「再見！」

不敢問她下次還來不來。只聽著她高跟鞋聲，閣閣下樓，閣閣遠去。不敢送她到門口。

想打開樓上出陽臺的門，怕她聽到聲音回過頭來，不敢做。

拉過一把椅子，站在椅子上，從門上層的那塊透明玻璃，向巷路望去。

柔軟的頭髮，振動著，背挺挺的，肩頭彷彿舉著頗沈重的東西，一步一挺，一步一舉的，一襲藍長衣，比藍天更藍，更柔，裙擺，向上一次又一次揚著揚著。

轉過了巷子，看不見了，我才從椅子上下來，把椅子放回原處，鬆開胸前鈕扣，拉起汗衫，想看看她的粉拳，留下了多少痕跡。

很遺憾，以爲會有許多手印，甚至手紋，卻什麼也沒有留下來，供我欣賞。不禁要想，胸膛脆弱些就好了。

——本篇原載於《民衆日報》副刊，一九七九年七月十八、十九日出版。

雙人床

年輕是可愛的，年輕也是可憐的，感情豐富，精力又旺盛，氣也豪壯，小倆口子，不管怎樣恩恩愛愛，三天兩夜，要不吵個嘴，三五天要不鬥鬥氣也是很難的。而且火藥線的點燃，往往是不期然而然的，炸彈炸了，還往往不明就裏，莫名其妙呢！

道隣下班回來，看了一下晚報，又抽了一根煙，已經飢腸轆轆，不能等待了，就下樓到廚房去。其實他之下樓，也不全是爲了飢餓，想去催促的自私，而是想表示一下對太太的關心，讓女人感覺關懷其辛勞的情意。

當然，道隣最關心的，無非是今夜的湯了。湯，對道隣來說，是比魚，比肉更重要的一道食品，他是只要有一道好湯就能吃得過飽的人。因此，一進廚房，他第一句就問：

「太太！今天作什麼湯啊！」

「不好吃的高麗菜湯！」

素梅的意思，並不是客氣才說不好吃的，而是有一點故意要跟道隣開玩笑的意思。

誰知道，道隣居然把小小的玩笑當眞起來，一點忍耐都不肯用力，臉色突然變了，掛在嘴上的笑容，立刻收起，厲聲說：

「怎麼用高麗菜煮湯呢？我就討厭吃高麗菜湯！」

道隣的聲音未免淒厲了些，使素梅嚇住了，連住在樓下，共用廚房的曾太太也愣住了。兩個女人都爲了意外而駭然失色。

因有外人在場，素梅沒有反嘴，道隣也因曾太太的在場而感到不好意思，轉身就上樓去了。

飯菜作好了，道隣因爲生氣，沒有下樓去幫忙，任由嬌小的太太，用托盤一步一步端上來。

菜擺好，素梅還是習慣地把飯裝好給道隣，道隣覺得這是女人可愛的地方。但是，素梅沒有招呼他。不過，素梅並沒有自己先吃飯，坐著等道隣。這也是道隣覺得女人可愛的地方。

道隣走過去，面對面坐下來。素梅本來就低著頭的，並沒有抬起頭來看他。道隣也默默地端起飯來，開始吃了。

但是，道隣一言也不發。只說了那麼一句話，就生這麼大的氣，犯不著嘛！對女人的狹小的心胸，他還是很生氣。

道隣知道，素梅一定又是那牛脾氣，非他先向她道歉，她絕不會先開口。可是道隣想：我就是討厭高麗菜湯，有什麼不對呢？道隣自認並沒有什麼大錯，素梅用不著那樣計較。因此，也決心在素梅開口以前，他也不先開口。

沒有喝湯實在吞不下飯，那高麗菜湯，也和他所討厭的並不一樣，菜，還是白中帶青的原色，湯清清的，沒有討厭的日本味噌，底下好像有魚脯，看來蠻好吃的。可是爲了矜持，道隣不敢下筷子夾，不敢動湯匙舀湯喝，他用口水來硬吞，吃了一頓很難吃的飯。

飯後，道隣也不幫忙收拾了，平常是收到托盤上，由道隣端下樓去，素梅也跟下去洗刷的。今晚，全丟給素梅自己做了。素梅沒有丟給他做，自己默默地做了，這又是道隣覺得女人可愛的地方。

素梅在樓下洗碗盤時，道隣就在樓上看電視了。平常是要到七點半才會開電視看新聞的，今晚這樣的氣氛，書也讀不下去了，只好藉電視來耗時間和打發鬱悶了。

道隣以爲素梅洗好碗上來，一定會坐下來看電視，誰知她逕自走入臥房去了。以爲在欣賞節目時，情不自禁地會迸出話來的機會也沒有了。道隣認爲這是女人很不可愛的地方。

一會兒，臥房裏傳來低低抽泣的聲音。

「這樣有什麼好哭的。我又沒有打你、罵你，哭什麼！」

道隣把心橫過來，決心這一場冷戰不能輸她。雖然那抽泣，也抽痛他的心。但他按住胸口，盡量把注意力傾注到電視上。

可惜道隣不知道女人還是很可愛的。素梅在怨氣未消之前，避免和道隣親密，所以不敢跟他一起看電視，但是躲到房間裏，並不是做自己的事，而是在鈎道隣的毛衣。鈎著鈎著，想到自己並沒有任何錯，就這樣不講話，就這樣像陌生人一樣冷漠，她實在受不了，就禁不住簌簌地哭了。

鈎到眼睛澀了，素梅就熄了燈到床上躺下來。道隣則希望等到素梅睡著了，才到臥房去。但他沒忘記用耳機，讓素梅能在安靜中很快進入夢鄉。

很晚了，哈欠連連了，道隣才進臥房。素梅側臥，面朝裏，那是道隣熄燈時才換的姿勢，道隣聽到悉索聲，知道素梅未入睡。道隣躺下，則側臥面朝外，兩背之間，留一大溝。

這一夜很難入眠，兩人都很想講話，卻都堅持不願先開口。幾乎挨到天明，才闔眼片刻，換來一夜的睡眠不足。

素梅起來做飯，如機器人，吃飯時，道隣還在睡，素梅也不叫他。怕上班遲到，先吃了。素梅吃飽了，道隣才被外面的車聲吵醒。看看時鐘，比平常遲了不少，跳下床，三兩下就洗好臉，刷好牙。見素梅穿戴整齊，站在樓梯口，也顧不得吃飯，下樓發動摩托車。沒有招呼素梅，素梅早已自動坐上後座，載到她辦公處，兩人仍然一句不發。

素梅下班時間，道隣一如平常，停車在素梅辦公室大門口，讓摩托車普普噴煙，臉看別處，也不去看素梅是否出來。素梅下班走出大門，就到後座坐好。道隣也不回首看看是誰，也不問坐好沒有，單憑感覺便發動車子。

晚餐、飯後，兩人依然無話。兩人都開始覺得這種堅持，不但無味，又折磨自己，但是，仍然意氣用事，照樣不先開口。

明知爲無謂的爭執，費這麼大的心力，實在不聰明，可是，志氣大過天，誰也不願先矮化自己。

一直到上床的時間，素梅都避免和道隣相處。這一夜，素梅早早上床，昨夜睡眠不足，必須早睡，道隣也以爲她會很快睡著，心裏又有準備，再寂寞一夜，只希望明早冰山能溶化。

道隣也想早睡，但不敢在素梅熄了燈就去。忍耐了很久，斷定素梅一定入睡了，才去臥室。

素梅和昨天一樣，側臥朝裏，所不同的是，今天不知是睡姿不好，還是較熱，手抱著被子，一脚也擱在被上，背部在被子外，沒有留半點被子給道隣用。

道隣是大熱天也要被角蓋肚子的人，但是，爲了不吵醒素梅，他輕輕躺下，不敢碰觸素梅，只把一件外衣當棉被，放在肚子上。

忽然，素梅的身子動了，原來她還沒入睡。她把被子又拉又扯，把被角蓋上道隣的肚子。但她依然側臥向裏，背對著道隣。

道隣感其情意，情不自禁的伸手過去，摸摸素梅的身體。

「不要碰我！」素梅說，「除非你先向我道歉！」

「爲什麼要道歉呢？」道隣儘量柔和地發言，「事情過去就好了，爲什麼還要計較呢？」

「你走了，曾太太也說，沒有高麗菜不能煮湯的道理。你在外人面前，傷害我的尊嚴。當然要道歉。」

「可是，我少年時期，吃了四年高麗菜味噌湯，每天吃，吃得我討厭透了，我並沒有存心要讓你丟面子。」

「後來我就知道了。」素梅說。「我想起你跟我說過的話。」

「你的高麗菜湯，和我討厭的高麗菜湯並不一樣，我看了，覺得很好吃，可是，我說過討厭，我就忍著，不敢去吃。」

「傻瓜！你吃了，不就沒事了嗎？」

素梅轉身過來了。

「對不起！」道隣情不自禁地脫口而出。

素梅立即用手封住了道隣的嘴。說：「不要說了！」

道隣移開素梅的手，把她拉了過來，緊緊地抱住她，道隣吻她的時候，感覺她多麼渴望擁抱和愛撫。在他的擁抱下，素梅是多麼熱情、多麼興奮、多麼幸福。她已把自己的一切都塞入道隣的懷裏，她完全交由道隣去支配了，不管道隣對她做什麼，她都會愉快的，即使這時再一本正經的罵她，她也會把它當成玩笑，再也不會生氣了，她再也不要因自己而傷害道隣，她也不要再傷害自己了。

他們如小別勝新婚那樣熱烈，他們如重獲至寶那樣歡喜，他們像久旱逢甘霖那樣飢渴，和新婚之夜相比，實有過之而無不及。

遺憾的是，他們完全不知道雙人床的功勞，根本不知道感謝雙人床的豐功偉蹟。要不是雙人床，實在不知道冷戰要延續到何時，要不是雙人床，和解的機會，不知要在哪裏找，更不知何時才會到來。

——本篇原載於《臺灣時報》副刊，一九八九年七月十日出版。

不是本性

昨夜

伊僵著似地挺著身子。他無可奈何地翻落到伊的身旁。

「明天你又要不快活了。」

他悲哀、無力地吐出了一句話；就像無力說話，而又不能不說似的。

伊沒理會丈夫的話，伊現在痲木了，不想反應，就是想反應，也遲鈍了。

於是，伊聽到了丈夫的鼾聲——他竟然在這樣短的時間裏睡著了。

發覺他睡著了，伊才十分強烈地感著，適才沒回丈夫的話。他無疑是渴望伊向他說什麼的。而伊，竟沒法把要回答的話讓他知道了。

因此，使伊有一點不安起來，同時，對身邊的男人興起了同情。

「那麼怕我不快活，又那麼不爭氣！」
伊在心中嘀咕著。看了看緊閉著眼睛的丈夫，像對他說話似地在心中說：
「別害怕啦，甜甜地睡吧！我不會生你的氣的。」
伊不忍使丈夫心裏難受，伊要努力使自己快活。

早晨

「你到底起來不起來嘛！」
一聲獅子吼，像耳邊打雷，把他嚇得跳坐起來，才感覺自己醒了。
揉揉眼，他看見伊的下眼皮有點兒腫。那聲獅吼，他不怪。他存心溫柔地說：
「你得著意打扮一下，眼皮腫腫的。」
「眼皮腫，又干你什麼事！」
伊不領情。他進一步說明：
「我是關心，不要不高興。」
「知道人家不高興，就不要再說嘛！」
他認爲伊有點兒過分。茫然地瞪著她。
「還不快去刷牙，要讓人等你多久？」

伊又向他咆哮起來。他知道自己沒有責備伊的權利，只得順著伊。不敢再說什麼，默默地到盥洗室去。

在飯桌邊坐下來，他惶惑地打量著伊的神色，他想知道伊現在是否心情有點兒改變——變得好些。不幸被伊的目光攫住了。於是伊又吼了起來：

「看什麼？不好看就不要看！」

誰說伊不好看呢？哪曾有這個意思？他的心境因伊的話突然地轉變了。他覺得好笑，禁不住要笑；不管伊會不會更氣，他笑了。

「不是不好看。……人家說嗔怒的女人，更嬌、更媚！沒錯兒。」

「不要冷嘲熱諷好不好？你心裏想什麼，誰不知道！」

伊不屑他的風趣，他的話收到了反效果。

他不在意。夾了一撮鹹蛋，放進口裏。太鹹了一點。他知道，是向推車賣菜的婦人買的。

「還是你自己滷的好吃。」

「不好吃就不要吃嘛！嫌什麼！」

努力沒用。他偷偷地笑了。

他不想再努力了，只有聽其自然。吃完早飯，抽完一支烟，換上衣服，招呼伊一聲：

「好太太！我要上班了！」

「早走早好！誰要你囉唆！」

他面上浮漾著忍抑不住的神秘的微笑上班去了。

午餐前後

他中午下班回到家，沒聽到鍋子煮菜的嘰嘰加加，而是鏟子和鍋子的嘎啦嘎啦，然後是鏟子往鍋子裏棄置的匡郎。接著碗盤就在洗碗盆裏打架起來了。

刺耳，他忍受著，伊的重手重脚，使他精神緊張。

偷偷探頭向廚房窺望。深怕伊察覺，伊卻突然喊起來：

「好吃飯了，還不來端菜出去！」

他如同聽到往常的「幫忙端菜好不好？」一樣高高興興地端菜、拿碗筷。不敢等伊盛飯，他自己盛，也盛給孩子，又盛給伊。

等伊坐下來，他就默默地吃飯，對菜餚，也不批評好壞。

「四季豆怎麼不吃？夾來吃！再不吃，媽就打你！」

伊的劍靶子轉到孩子身上。孩子被一喝，瞪大了眼睛，奇怪著，眼淚就滾出來了。

「你不正常，我來照顧他吃，不用你管！」

伊沈默了。孩子不是伊該發洩的對象，有人提起，伊不會不領悟。

孩子怕四季豆的那種味兒，他哄著孩子吃飽，爲疏解疏解孩子的心情，他帶著孩子到屋後的空地上。

七月正午的陽光十分強，但他們坐在那棵枝葉繁茂的龍眼樹下，倒很涼爽。

他注視著籬笆那邊的一羣鷄。他希望看看鷄的生理、心理是否和人的相同。

一隻鷄冠才紅起來的小公鷄，看到老公鷄離母鷄頗遠，便靠近母鷄的身邊，咕咕咕咕地單脚旋繞起來。

「你會了嗎？」他有點懷疑。

母鷄蹲下了，小公鷄爬了上去。

「爸！公鷄這樣做什麼？」小孩問起來了。

「公鷄『打』母鷄啦！」他說。

小公鷄才爬上去呢，大公鷄追過去了。屋子裏的伊也聽到了他和孩子的問答。

「回來！看那樣的東西，像什麼！」

他不理會伊，他要看個究竟。

大公鷄的脚敲得地面篤篤響。小公鷄害怕。跳下就走。

母鷄還蹲著，似乎還在期待著什麼，看樣子似乎沒完。

「叫你回來，怎不回來？」

和聲音同時，伊舀了一勺水潑向他。他和孩子都濺到了數十珠水點子。

他把孩子移到另一邊，用身子護著，繼續看下去。

大公鷄咕咕咕咕地叫著，在母鷄身邊旋繞起來了。

母鷄呢？沒接受，站起身，走開去了。剛才蹲著有所期待似的牠，現在又好像已滿足了，至少是像不在乎了。

「還不回來！」

又一勺水潑向他。

他站起身，走回屋裏。

他彈彈身上的水點子，沒有責備伊，伊反而責備起他來。

「公鷄打母鷄有什麼好看的？也不會羞恥！」

「我是在研究，不是看。」他說。

「那樣的事情有什麼好研究！」

「我看到母鷄，怎樣都好，心裏不會計較。」

「你知道個屁！」

他沒有再回答伊，讓孩子在床上躺下午睡。他就換一件上衣，走出了家。

晚飯後

洗過澡，看伊拿出了針線盒，坐在沙發上做起女紅來，他就走進書房，拿起了晚報。一則消息還未看完，伊就丟下女紅走進書房，緊閉著嘴唇，在他面前桌上的書架上翻了翻。沒找到伊要的吧，嘟著嘴向他伸手：

「鑰匙給我！」

他馬上把鑰匙給了伊。伊打開了書櫥，取出了一本書，回到沙發上坐下，像是認眞地讀起來了。

翻不到兩頁，伊又重重地丟下書本，打開了門。砰然一聲巨響，人已到了門外。

他沒有聽到伊再走動的聲音。

站了一會兒，伊又開門走進屋裏，仍舊砰然大聲關上了門。

然後，伊拿著書走進書房，放回書櫥。轉個身，把鑰匙向他桌上一丟。

「啪！」

好大的一聲，嚇了他一跳。

他睁圓了眼睛，向伊看。太驚異了，沒敢責備。

「總是看報！沒有看報就會死！」

伊埋怨著，走出書房去了。

伊坐在沙發上發怔，兩眼像眼前有仇人似地瞪著前方。

他想，伊需要他了。好了，他可以有辦法使伊的心情好起來了。他愉快而悄悄地走了過去，在伊身邊的另一張沙發上坐下來。

看他一坐下，伊馬上拿起女紅，動手工作起來了，好像沒有他的存在似的。

沒陪伊，抱怨，要陪伊，不理人。豈有此理！

他在心裏嘀咕，但沒有出口。

「你今天和平常有些不同，你自己知道吧？」

他把話說得溫和又溫和。

「你自己才和平常不一樣！」伊把背一挺，亢奮地回答，「鬼鬼祟祟的。誰要你這樣來著？」

「沒有不同就好。」他全不把伊的脾氣放在心上，更溫柔地說：「現在，把工作放下來，我們聊聊天兒。……」

「誰叫你來嘛！去看你的報紙。我不要你來！」

他沒有聽伊的話，依然坐在伊身邊。

「走開嘛！」伊厭煩地抗議起來，「人家想做一點事都得不到清靜！」

不能再撥弄伊的火氣了。他站起來，離開了伊。

今宵

他走出了家。外面很黑，他的心也很暗。不是寂寞，更不是埋怨，只是遺憾和抱歉。

他不知自己要到哪裏去，路是通向大街的。

上了大街，他的臉熱起來了。他不想去，但脚步仍然不聽指揮似地向前運行。

紅著臉走進了一家醫院，青著臉，看著地，講了一種藥名。戰慄著手，抖顫著脚，接受了注射，怏怏付了錢，熱著面頰急步出來。

被晚風一吹，他頓時忘了身後的事，一步步走回家去。

沒告訴一聲就出來，伊一定會不高興。但他不憂慮這個。

回到了家，燈已全熄。女紅扔在沙發上，伊已在床上躺著了。

要早睡就早睡吧。他把前後門都關上，上了閂。亮燈看了看孩子。正在他自己的房裏酣睡著。再熄掉燈，摸到自己的臥房，悄悄地上了床，在伊的身邊躺下來。

他想，如果伊睡著了，他躺一會，沒睡意再起來做事。

看他躺了下去，伊立即翻了半個身子，把背向著他。伊還沒睡著。

正在上升的月亮照在他們的床上，那柔和的月光，銀紗似地披在伊沒有蓋東西的身上。

他看著伊的身子，一時打不定主意。但他很清楚，他該怎麼做。終於他依著自己的了解行事。

他伸出手去，要扳伊的身子。

伊執拗地震搖著。

他不理會伊的反抗。用手指捉住伊的手臂。

伊用另一隻手把他推開了。

「翻過來嘛！那樣像什麼！」

他開始狠狠地責備伊。

伊沒有回答，也沒有頂撞，更沒有新的反抗。

他稍抬起身子，用兩手把伊用力翻過來，然後，自己也躺倒下去，把伊抱在自己的懷裏。

伊縮著手，縮著脚，像在母胎裏的嬰兒。伊仍舊無言地反抗著丈夫的親密。

他把伊的手拉直，伊不再縮回來了。但伊的脚依然彎著。伊不反抗，也不合作。他又弄直伊的腿。然後把伊抱緊，貼著他的身子。

伊沒有哼，他也不同伊說話。他把手放上了伊的乳峯。然後開始鬆伊的睡衣扣子。

「我不要！昨天才做過。」

他不信伊的話。而伊，除了口頭上說說，身體卻是沒反抗地任他擺佈。

「我愛……我愛……」

伊終於用軟嫩的手臂緊纏住伊的丈夫，不再是那一副冷冰，嚴酷樣子了。

「好了！好了！」

伊叫停了。

他沒理會伊。

「啊！——好了！……」

伊第二次叫停，他才完了事，軟癱在伊身上。

「我愛！」伊撫摸著他的背，喘著說，「原諒我今天對你的不好。我不是故意要那樣的。我知道自己不該那樣，可是，沒有辦法。……」

伊沈醉在幸福中，恢復了往日的溫柔。他心裏並沒有感到滿足和安慰。他軟軟地滾落到伊的身旁。

「我愛……」伊翻轉身子，面向著他。「我明天泡一個鷄蛋給你吃。我會多做一點事，儘量給你休息……」

伊只顧絮語，忘了柔和的月光正照著伊裸露的身子。

他對伊的溫柔與甜蜜，沒有半點興趣，只希望耳邊的聲音趕快靜下來，讓他睡去。

——本篇原載於《臺灣文藝》第五卷第十八期，一九六八年一月出版。

夫婦

下了課，出了教室，文寬的脚步突然像有緊急的事情似地快了起來。到了辦公室，把書本收到抽屜裏，拿出課程表來，看看今夜是否得準備功課。這時，鄰室的康樂廳清清楚楚地傳來閣閣的乒乓球聲。有同事在打球。那球聲，把他的心撞得怪舒適的。「去打乒乓吧！」他的脚跟提了起來，他幾乎不由自主地就要向康樂廳走去，但是，他的手，他的眼睛卻還沒有離開課程表。「今晚可以不必準備功課，明天的課，全是換班不換教材。──好極！可有一段不短的時間了。」收起了課程表，趕快遠離清脆悅耳的乒乓球聲，騎上摩托車回家。

書櫥裏已經堆了好多書了。有朋友寄來的外國名作，積到十本之多了，還有寫作朋友贈送的他們新出的著作五册，另外還有自己買的六、七本新書，要讀的書太多了，還有截止日期已不遠的人家約寫一篇童話、一篇書評和一篇小說。該做的事情眞多！心裏也急。

寫作？還是讀書？心裏還沒決定，面對書桌，桌上日曆上的自己寫上去的紅字立刻映入眼裏：回尤君信，不能再延；定期儲金到期。這兩件事非先辦不可。先看看錶。三點半，郵局存儲滙兌業務四點半止，寫了信再去還來得及。拖開抽屜，拿出信紙，再找出尤君的信讀一遍，他問的事情眞多，在書橱裏、資料橱中翻找了一遍又一遍，才寫好了回信，從櫃子裏找出定期存單，騎上摩托車上郵局。排隊、等候，辦妥回來，已四點過三分。四點半，又得拉出摩托車來，到國民學校去載妻回家。只有二十幾分鐘。不管它，隨便看看書吧。拿出「短篇小說傑作選集」，從頭一篇看起。看了一半，「噹！」壁鐘響了一聲，四點半了。妻已經下班了，太慢了，妻要罵人了。文寬丟下書，騎上摩托車，奔馳而去。

他的妻走完了校門口那條路，來到街口了。

「今天記警告乙次。」她笑嘻嘻地說。

文寬只是笑笑，沒有回答。

回到家，放好摩托車，他想繼續看那看了一半的文章。但是，得燒孩子的洗澡水了。不早一點跟孩子洗澡，給他們吃飯，到天黑下來，他們就會坐在沙發上沒洗澡、沒吃飯就睡去。

「素芳！你去燒水好不好？」文寬說。可不煩這些事，他就可以坐下來看書。

「好啊！我來點火，你要提水。」素芳答得很順口。

她身體弱，要到後面菜園去提水，她提不動。

「不要啦！都我自己來啦！」

點個火，還不簡單。這樣小事，與其煩人特意去做，不如自己順便做好。

提了兩桶水，放進大鍋子裏，在煤氣爐上點了火。

到水熱，可有二十分鐘時間。文寬坐下來，拿起了書。

「文寬！來一下！」素芳在臥室喊他。

「我要讀書。」文寬說。他眞不願放下書。

「來一下嘛！」素芳又喊。

文寬不能不順應妻，放下書，走進臥房。

素芳在床上躺著，她疲倦，歇息片刻，對她十分必要。文寬也在她身邊躺下來。

「休息一下嘛！總是讀書、讀書，寫作、寫作，你病了，我怎麼辦？」素芳邊說邊把臉轉向他。

「我有很多書要唸，有很多文章要寫，可是，事情總是那麼多。一下班就急著跑回來，結果是寫信啦，儲金了，載你了，提水啦什麼的，總有那麼多事要煩。……」文寬看著素芳的眼睛輕輕地訴說。

「信，我又不能代你寫，儲金，等我下班已經不能辦了，你不載我，我走那一段路，身體很吃力，提水，我沒力氣，都非你做不可……」素芳露出了笑容：「我有這樣的丈夫，很幸福哪！你是個這樣好的丈夫，使人家愛得不得了，不是很好嗎？如果我是你，我這樣就很快活了。」

「要是你能把家庭裏的各種雜事都承擔起來，煮飯、照顧孩子……一切都不要我做，也不撒嬌，像現在一樣，佔去我的時間，不會向我說幫你做些什麼，而我要幫助你時，你會說：去讀書，寫文章，事情我會做。這樣，我回到家，就能清清靜靜、安安閒閒地讀書和寫作，這樣多好！」

文寬的眼睛看著素芳的臉，卻不在她的臉上，而在遠方，完全的一雙憧憬的眼神。

「我身體沒有這樣好。我也不要這樣子。」

素芳的笑容消失了，對丈夫的理想提出了溫和的抗議。

「如果你很健康，樣樣家務事都能做，不必我煩心，我就可以專心……」

文寬還沒有說完，素芳就轉了個身，把背向著他了。

文寬去扳她的臉，她用力抗拒著。

「翻過來，看不到你的面孔我不要。」文寬說。

後一句話，使素芳抗拒的力鬆弛了，她被文寬的手力扳動了，轉了一點身子，臉向上而有一點斜向著文寬。

文寬看到她的眼眶有淚珠，就伸出手用指去拭。

「傻瓜，只是這樣講一講，哭做什麼？」文寬笑笑說。適才的嚴肅一下子沒有了。

「你自己嫌我！」素芳埋怨說。

「傻瓜！你自己知道的，我只是說說我自己的心情，並不是嫌你不好。眞的，有時候，心急、心焦、苦得眞想像你這樣哭一陣子。……我這樣心裏有什麼就向你說什麼，你該高興的。比藏著不說好，不是嗎？好了，現在擦掉，就不要再流淚了。」

素芳很相信他的誠。

他的右手放到素芳的頸下，把她摟近些，用左手指尖輕輕抹去眼皮下的淚痕。

「我不是神，我也做不到。我要做人！我要享受人的幸福。」

文寬湊過去，吻了她。

「唔！」文寬的唇離開她時，她半嘟起嘴，笑笑向他眨了一下眼皮。

「你就這麼可愛，令人喜歡。」文寬感動地欣賞著說。

文寬又一次擁她入懷，在她耳邊說：

「我得到什麼樣的，我就滿足什麼樣的，很喜歡你，很愛你！」

素芳聽了，自動地抱緊文寬，主動地去找丈夫的唇。

文寬拍拍她的背，說：

「水響了，該給小孩洗澡了。」

「我找衣服，你去外面把小孩子找回來。」

文寬爬起來，拉出摩托車，到宿舍對面的校園裏，到處轉，把在玩耍、遊戲的四個小孩一個一個載回來。

文寬給孩子們洗澡，素芳就下廚煮麵、撿菜、洗菜。

四個孩子的沐浴完畢，就輪到素芳了。於是，孩子們看電視，文寬下厨作菜，待素芳洗完澡，就一家人圍著桌子吃飯。

吃過飯，一邊看電視一邊休息，然後，孩子要上床了，素芳掛蚊帳，文寬就給孩子撲痱子粉。孩子躺下了，夫婦兩人就並排坐在電視機前，聽看新聞。

世界新聞完了，素芳悄悄地站起來，走到電視機前，把電視關了。平常，新聞完了，他就不看電視影片。

素芳拿起了報紙走進了臥房。文寬知道妻所以離開他的好意，自然也曉得關電視的用意。但是，他不想把屁股從深深的沙發裏抬起來，他不想動。人很懶。懶，不僅來自心裏，也起於肉體。彷彿今天一天所工作的消耗開出的支票，此刻一下子全部向肉體銀行領去了款，那麼空虛，那麼慵懶。還有被故意不理會，被棄置的寂寞與寃屈。

文寬就坐在沙發上，茫然向著關掉門的電視機，疲乏地賴在那裏。

好一會兒，素芳才察覺他沒有動，放下報紙，從臥房出來。

「不想讀書寫作嗎？」素芳站在他的面前問他。

「疲倦。」文寬有氣無力地說。

「疲倦就睡吧！」素芳說。

「我不是適合做家事的料子，做這種事，稍微動一動就疲倦得要命，想做什麼都沒勁了。」

「人家給你去做你喜歡的事，你又沒精力，」素芳輕鬆地笑笑，「眞差勁。」

「嗨！」文寬嘆了一口長氣。

「我要這樣做，要下很大的決心，也是很痛苦的。很不容易哪！」素芳說。

文寬抓起了妻垂著的手，暖暖的，他揉捏著它，於是更暖了起來。

「你比我幸福！」文寬說。心中有淡淡的羡和妬。

「好了！去讀書吧！」素芳說，「今夜不必陪我，我自己能先睡。」

素芳轉身走向臥室，挺直的背脊，訴說著濃濃的冷寂，也表現著痛苦的毅力。凝視著妻這樣的背影，文寬從沙發上彈起來，抓起了下午沒讀完的書。

——本篇原載於《中華日報》副刊，一九六八年七月二十八日出版。

天女

小時候曾經聽到過這麼一個故事：

在深山裏有一個池塘，那是人跡很少到達的地方，因此每天天氣晴朗的時候，都會有一群仙女到那裏洗澡，她們把比絹更爲柔軟，更爲輕盈的衣裳掛在樹上，在像天一樣藍色的水中，洗著自己的身子。

這時候有一個樵夫，很偶然地從樹叢裏看到了這樣的情景，就悄悄地走過去，偷偷地把一件蟬翼那樣輕盈的白色的衣裳偷偷地藏起來。

到太陽逐漸地偏西了，仙女們就陸續從水裏面爬出來，穿上了衣裳，一個一個飄上天空去了。只有一個仙女找不到自己的衣裳，沒有辦法升上天去，在草叢裏蹲著傷心地哭著。

樵夫這才悄悄地走過去，告訴她希望她能夠做他的妻子。仙女因爲得不到衣裳，不能夠回天空，不得已就答應了樵夫的要求。

聽了這個故之後，非常羨慕那個樵夫，認為能夠得著這樣一個妻子，那是人生多麼幸福的事，生活將是多麼的快樂。

早晨窗戶才由黑而逐漸轉灰的時候，在耳邊女人就輕聲地呢喃：「我去做飯給你吃了，你再乖乖的睡一會兒，現在沒有人吵你了，你可以睡得熟熟的，今天就會很有精神，看你很有精神，我也會很有精神的。」

她不知道我已經清醒幾分了，以為我還在睡夢之中。我閉著眼睛，任她去說話。她說完就毫無重量似的溜下床，我瞇著眼睛，偷偷地瞧了她一下，就像背上長著翅膀的白蝴蝶一樣的輕盈。

她抓起了晨衣，穿上那厚厚的晨衣，看起來也像仙女的衣裳那樣的輕盈。淡紅色的晨衣，帶給她面頰紅潤的光彩，對著鏡子梳了幾下頭髮，她又扇著翅膀似的飛到了帳邊，從細孔中望了望仍舊死死的躺在床上的我，然後很滿意似的走下樓梯，到底下的廚房去了。

仙女的故事是說那個樵夫把仙女做為自己的妻子之後，每天早上一醒過來，仙女早已把飯菜都做好，好端端的放在桌上，香噴噴地在等他去享用了。

跟那個樵夫不同的是，當那個仙女正在做飯的時候，樵夫一點都沒有感覺，我卻清醒醒地可以聽到一個像仙女那樣的女人，正在我的廚房做事。

我再也不想睡了，雖然似乎只有五點鐘，我要睡的話，可以再睡一個半小時，或者兩個小時，這是非常難得的享受，但是，我還是沒有睡意。

這時候，在我想像的視膜上可以清清楚楚的看到一個美如天仙的女人，背上生著兩個翅膀，很輕快的在廚房那個小天地裏活動著，看她的神情，沒有人會懷疑她在心理上是把廚房那個小小的天地當作她所擁有的廣大的世界，可以自由自在的照自己的意思來做事的空間。這裏面的事物對她是那樣的熟悉，每樣事物在她看來都是那樣的可愛，而每一種東西，對她似乎都露著微笑，非常地親切。她的愉快的心情，使灰暗的房間似乎變得比朦朧的窗外更要明亮。

她究竟在做什麼樣的工作呢？那是可以從聲音聽出來的。首先我聽到了放水的聲音，然後砧板拿下來了，然後切菜的聲音響了，沙、沙、沙、沙，很輕快沒有一點重濁，彷彿刀子非常之鋒利，青菜又非常的脆嫩，連切的人都要被那個韻律引得心情開朗起來似的。

然後，恰的一聲，青菜下鍋了，鍋鏟聲響動了幾下，在嘰、嘰、嘰、嘰的燒菜聲中，傳來了喳、喳、喳、喳、不同的聲音，我知道她一轉身又飛到了洗衣機旁，用手在搓洗比較骯髒的領子或袖口的地方，我可以看到她伸出白白的手臂，在水裏搓動的情景，連水都高興的不斷地往上冒起白的泡泡，黏得她滿手都是。到喳、喳的搓衣聲停了，洗衣機轉動的聲音就隆隆的傳來了，可是在隆隆聲中又傳來鍋鏟的聲音，喀啦一聲，鍋鏟擱下之後，接著咔啦、咔啦的聲音又傳來了，我知道她從洗衣機旁飄到了爐子邊，又從爐子邊飄向洗物臺，在那裏開始刷洗碗筷了。

在碗聲菜聲還有水聲各種交雜的聲音之中，卻響起了像春天的旋律那樣的歌聲，唱的是那一首很熟悉的歌「當我年輕的時候」，這一首歌的韻律非常的優美，美得令人想起日出的情景，或者令人想到滿天的晚霞，也使人禁不住憶起了她做新娘的時候披著白紗、眼角蕩漾著微笑的樣子。

我可以想像這時候她的手，她的脚，連她的心都非常的忙，幾乎是忙不過來的，但是她不厭煩那個工作，只因爲她不是在爲自己而工作，一切的工作都是爲了另一個自己很願意爲他做事的人兒。

我原該下去幫她一些忙的，不過我很瞭解這時候她不願意我去分享她的快樂，如果在她忙迫萬分的時候，我出乎她意料之外的出現了，那是會破壞氣氛，非常使她掃興的。因此我悄悄的起來，悄悄地料理飯前應該做好的種種小事。

聽到我走下樓梯的聲音，她就會很快地從廚房走出來，露著笑臉招呼一聲：你早！

當我回她一聲早，她就很高興的又問一聲：

「我起來以後你睡得好嗎？」我向她點點頭，她就很滿意似地問我要先吃飯，還是要先看報。

如果我在客廳坐下來，拿起了報紙，她也在身邊坐下來，拾起另外一份日報；如果我到餐桌邊坐下來，她也一同坐下來。

看我一口又一口扒著飯，她卻像自己的工作得到了報償那樣眉開眼笑。

吃過早餐，她就開始下命令了：

「趕快去準備好。」於是她就晾衣服去了。她要我準備的並不是什麼。只是要我把衣服襪子穿好，把應該要帶去學校的課本準備好而已。

這樣的工作在她打扮的時候，時間就夠充分了，是用不著先辦的。

我問她要不要我幫忙晾衣服。

她一聽很急的連說幾聲不要。

我有一點不明白，她勞苦了一兩個鐘頭，爲什麼不希望我的協助，爲什麼要拒絕我的自動幫忙。

這不是我能瞭解的，也不是現在憑空亂想所能夠想得出來的。因此我就照她的吩咐把自身準備好，然後再翻翻今天的日報。

在她晾好了衣服，打扮了自己，鎖上房門出來的時候，她的第二道命令來了：

「快！載我去上班！」

她要我用車載她去上班。這並不是徵求同意，而是命令，只是她的口氣，她的面容非常的和藹，在心理上她並不是要我盡這一項義務，而是她需要這一項享受，彷彿她清晨長時間的勞苦，就是爲了換取這一段享受似的。在她經過了清晨這一段勞苦之後，她心理上認爲享受幾分鐘的車程，享受由先生護送上班的樂趣是應該的。車子到她機關門口停下來，她就在我臂上一拍：嘿嘿兩聲說：

「謝謝你了！」她用手掠了掠垂到眼前的頭髮，非常滿意的開始她一天的工作。

我不能不承認，這樣一個女人是很能夠帶給我一份生活的喜樂的。我不僅看到了她的快樂，自己也因爲她的快樂而能夠愉快的開始一天的工作。關於這一點，故事裏的樵夫也不見得會比我勝過很多，甚至我認爲樵夫的快樂恐怕沒有我所享受到的那樣多。

不過我在學校上班的時間，跟樵夫上山打柴的時間，心情上的愉快大概是不相上下的。

在這段時間裏，可以沒有憂愁沒有煩惱，帶著愉快的心情，盡自己的社會責任，心理上沒有後顧之憂，因而可以全心全意的放在工作上，還可以面帶笑容，以沒有任何厭煩的心情，來迎接自己的工作。這種難得的態度，可以說是她所賜予的，因而對她自然地就會產生一種感激之情。

當然以愉快的心情，而又不必分心，能夠專心放在工作上的時候，是用不著、也不會去想她的，因爲她已表明這一天她會快快樂樂地去從事她的工作，用不著她的男人在這一點上花費心思了。

這天是星期六，我們的工作都同時到中午就結束了，我開車到她的機關門口，把她載到餐廳，簡單地用過午餐，又再載她回到家裏。

她回到家第一項工作就是睡午覺。她很快的卸下衣服，在床上躺下來，然後她就開始喊叫了。

「來啊。」

我問她：「你不會自己睡嗎？」

她說：「都是你害人，從前我是一個人睡的。現在因爲你的緣故，我的從前的好習慣，再也沒有辦法要回來了。」

只要我在她身邊躺下來，她把身子靠過來，一會兒的時候，她就睡著了。只要她睡著了，我要做什麼事，她就不計較了。

這是故事裏面的樵夫所沒有過的，樵夫的妻子，那個仙女是被迫的，沒有像這個現實的女人那樣會自求快樂。

這個現實的女人跟仙女不同的就是，仙女只是與人幸福，而這個現實的女人卻沒有忘記求取自我的滿足。

因爲是週末，自然心情會比較的鬆弛，所以會想做一些比較輕鬆，可以獲得休息的事情。

很自然的就打開電視機看週末的電視長片。

片子是眞正的名片，非常的吸引人，但是一個人欣賞的愈久，愈覺得孤寂，愈感到須要她的陪伴，因此一邊欣賞電視，一邊等待她從午睡醒來。

她的午睡還沒有醒來，她的弟弟開著車子來了，聽到熟悉的聲音，她自動地出來了。聊了一會兒，當她弟弟想要告辭的時候，她說她要搭弟弟的車子到媽媽那邊去。

回娘家的事本來早已約定，明天我正好有事要到那邊去，我會讓她坐在車子上送她先去，我辦完一件事情，然後到她母親那裏，一同做客，想不到她卻臨時改變了想法。

她問我今天就一個人先去好不好。

我說不知道，因爲我在心理上非常需要她相伴，而我又不願以命令的方式，帶給她不愉快，因此我說妳自己想怎麼樣好就怎麼樣做。

她想了想，還是想早一點去，於是又對我說：我想現在就去。

我說：「傻瓜！」

她在我的身邊坐下來，問我爲什麼說她是傻瓜，又問我是不是不願意她現在走。

我知道她的心理，所以我沒有道出我所以那樣說的原因，她猜測著問我：我現在先去，你明天就不肯自己去了，對不對？

這時候我才不客氣的表示我的意思說：我明天決定不去了。

我的話是相當堅決的，可是她不肯相信，她說：「我知道你會去的。」她充滿了把握和希望，一點都沒有懷疑。對我的心理，不知是漠視還是無所覺，這沒有問她就不得而知了。

我提醒她：我明明說不去，妳爲什麼以爲我一定會去呢？

她說：你是要讓我驚喜的，我知道你說不去，到時候你去了，會帶給我更大的驚喜，我知道你是這樣的意思。

我忍不住笑了，這種天眞是地面上的女人很難會有的，因此我又想到了仙女的故事，看她滿臉的微笑，沒有一絲懷疑，沒有一絲憂愁，沒有一絲煩惱，簡直是天上才有的。故事裏的仙女有沒有這樣的快樂，故事裏並沒有交待，我想那個仙女如果從天上看到她這時候的天眞的樣子，一定會非常羨慕的。

我再一度告訴她我是不會去的，可是她也再一度說：你是會去的。可以說對這樣的女人，簡直叫人一點辦法都沒有。

儘管她那樣的天眞，在我非常非常須要她陪伴的時候，她居然置之不顧，無所體會，這是使我非常不滿的，因此我的決定是很堅強的，即使我沒去會使她心理上感到痛苦，會使這個生活在天堂的仙女一下子折斷了翅膀，掉落到地面上來，我也不大在意。

在她走了之後，一個人翻了翻書，翻了幾頁又合起來，看看能不能想到一些寫文章的題材。

忽然的我想到她這個人今天這件事，似乎很可以把它寫成一篇小說。再仔細的想了想，多半是可以寫得成的。於是就拿起筆來，開始回憶著她，懷念著她，把她寫到小說裏。

這篇小說還沒有寫成，我的心情已經完全變過來了。因爲她的不在，給了我一個機會，讓我能夠完成一篇小說，而且這篇小說的題材，還是靠她的賜與。因此我對她很不應該的又興起了一份感激之情。

我不僅原諒了她的不好，甚至於根本不以爲有什麼不好了。

於是我決定明天一定到她母親那裏跟她見面。那麼我本來決定不去的，現在對她來說，果然變成了說不去，而事實上是要去，用意是想要給她更大的歡喜，她這種預測完全猜對，這眞是出乎我意料之外的事。

當我到了她母親的家，聽到我的車聲，她就急忙跑出來迎接，我一開車門就看到她嘴巴咧得好大，眼睛也張得好大，好像睫毛都直立起來，好像臼齒都可以看到了。她拉著我的手，說：「我說你會讓我驚喜的，我就喜歡你這樣的用心。」

然後她放開我的手，又像背上有翅膀的仙女一樣，脚步沒有著地似的，去報告她的母親去了。

故事裏的仙女後來爲樵夫生了孩子，然後要求樵夫告訴她隱藏她的衣裳的地方，樵夫以爲仙女既然有了自己的孩子，大概不至於回到天上去了，就老老實實的把隱藏的地方說了出來。

這一來仙女就把那件衣裳找出來，穿上了身，辭別了樵夫，回到天上去，永遠不再到地面上來了。

跟這個故事完全不同的是，我這個像仙女那樣的女人，卻沒有想回到天上去的思想，她要永遠的在我的身邊，也要我永遠的伴著她，她以地面的生活爲滿足，這是我比故事裏的樵夫更爲幸福的地方。

樵夫最後終於失去了他心愛的仙女，我們可以想像那時候樵夫心裏的悲傷，也彷彿覺得他的失去是不太公平的，可是我認爲樵夫對我的幸福，是不可以有嫉妒心理的，樵夫也不必自怨自艾的，因為我們的情形有一種根本的不同，那就是樵夫獲得她，是用不太正當的手段脅迫的，而我的女人是她自己歡喜的。所以我就不必像樵夫那樣，在她還沒有離去的時候，害怕她的離去，在她離去後一個人傷心了。

在這樣的感覺之下，叫我微微感到不滿的是，她又會從我得到好處了，可是我也不能怪怨她，我給了她好處以後，看她仙女似的快樂的樣子，我自己也會禁不住有一種幸福的感受。

——本篇原載於《聯合報》副刊，一九七五年十一月二十八日出版。

那一天

桌上的兩杯刨冰已經變成水了，得政和奕祿還是有一口沒一口地喝著。用小茶匙送一口到嘴裏之後，就把小茶匙放在冰水杯中無意識地動著。

忽然，奕祿的手停下來了，發了痳似的，兩眼卻越過得政的右肩膀，瞪著遠處。

「發現了什麼？」得政悄聲問著。

「兩個馬子，沒有王子。」

得政轉過頭，向後瞟了一眼。兩個學生模樣的髮式，一樣穿著白底紅圓點的洋裝，蠻迷人的。

「去約她們一塊玩玩如何？」得政說。

「想得很！就是不敢，枉爲一個男子漢。你去試試，怎樣？」

「怕什麼嘛！一道去，我講話！」奕祿站起來。

德政也放下茶匙，豎起身子，只是不敢先起步。奕祿動身子，他才跟在他身後。

「小姐！請原諒我的冒昧，誠心誠意想請你們跟我們一道去郊遊，不曉得你們肯不肯賞光？」

「我們都穿著制服，有校名，有學號，又有名字，不敢亂來的。」得政也張膽說話了。

稍爲胖一點的寶香，抿著嘴笑，長腰型的秋珠微張著嘴，抬眼望著他們。

「我們沒有碰到過這樣冒昧的邀請。」秋珠的雙眼放射出笑的柔光。

「我們也不曾這樣。」得政馬上回應她。

「誰能證明？」寶香垂著眼皮說了一句。

「我敢發誓。」奕祿像志願當敢死隊似的挺身而出。

「請不要發誓！」秋珠馬上制止說，「二十世紀，不要做這樣古老的事。」

「坐下來嘛，別那麼急。」寶香說。

兩個男生只好聽命，各在他們身邊坐下來。兩個女的只顧吸檸檬水，把他們冷落在一旁。兩個男生很尷尬，互相望了一下，一時不知如何是好。

「我們這樣冒昧會使你們覺得很粗魯嗎？」得政說。

「不會的。」秋珠說，「你們很勇敢。」

「嘿嘿」。奕祿輕輕一笑。「還有什麼好處沒有，再說說看，讓我們高興高興。」

「很天眞，很有意思。」秋珠又說。

「那你們不會拒絕我們的邀請了？」奕祿興致勃勃的。

「我要先知道，你們打算到那裏郊遊。」寶香說。

「看你們想去那裏，我們就去那裏。」得政說。

「到獅頭山去如何？」秋珠說。

得政的嘴巴張開了。他口袋只有一百元，怎麼能招待兩個女孩子到那麼遠的地方去呢？

「我想，到陽明山玩玩也很有意思。」寶香看著奕祿。

奕祿的眼睛也圓起來了。他口袋只有九十元，不敢保證經費能充足。

兩個女孩又低下頭來吸檸檬水。奕祿和得政你看我，我看你，以爲這個眼看已經成功的幻想又破滅了。

等到秋珠的嘴離開了吸管，抬起頭來時，得政才說：

「老實說，我們沒有走這麼遠的計劃和準備。」

「你們的意思是要到那裏去？」秋珠說。

「近一點的，到大溪齋明寺走走怎樣？」

「好嘛！寶香如何？」秋珠把臉轉向寶香。

寶香一時沒準備回答，嘴巴沒放開吸管。奕祿很慌，深怕這事吹掉。趕緊說：

「當然我們應該聽從你們的意思才對的，只是我們準備不夠，到時使你們不快樂，就沒意思了。這一次，就請你們委屈一下，選個較近的地方，好不好？」

寶香向哀求似的奕祿瞟了一眼，噗嗤一聲笑了。

「你這樣有禮，也不好意思讓你失望。秋珠對不對？」

「當然啦。」秋珠說。

「那就先謝謝你們了。」得政說。

「我們先到隔壁餅舖買野餐。」奕祿說。

「不必買我們的，」秋珠說，「我們到另外一家買我們的，你們在桃園客運站等我們。」

於是奕祿和得政離開了他們。

「不要太寒酸。」奕祿提醒得政。

「當然啦。」得政說。

不敢像往日，專檢一個一元的便宜麵包，一個五元的也買了一兩個。

當店員在包裝時，奕祿忽然疑心起來：「得政啊，你想她們會不會黃牛啊。」

「大概不會吧？並不滑頭。」得政信而不疑。

奕祿走到走廊去張望。

「沒有影子。」奕祿說。

得政沒應。付了錢，接過了西點麵包。

「兩個小妞不見了。」奕祿又提醒德政。

「不要事情還沒失望，先自己自找煩惱。」得政不信她們會騙人。「到客運站，等一會兒。」

當他們在可以看到入門處的椅子上坐下，兩個小妞的鮮美的影子也在大門口出現了。

他們兩個馬上站起來，臉朝著她們。到她們來到面前時，得政說：

「奕祿！你去買車票。」

「各買各的！」秋珠立刻說。

寶香和奕祿兩人去買票，秋珠和得政則去排隊。

因爲是星期天，人多，車上已沒空位，他們擠到最後段，那邊較空。

「麵包我拿！」得政把秋珠的麵包拿過來。

「謝謝！」秋珠很有禮貌。

「你們知道我們學校多落伍嗎？」奕祿的兩顆鼠眼如同在黑夜裏放光。

「說自己學校的壞話，不是好學生。」寶香說了一句。

「不是說自己學校的壞話，是眞有其事。」奕祿有一點狼狽。「我們學校嚴禁學生談戀愛，違者大過一次，勒令轉學。你們認爲有道理沒有？」

「有的。」寶香說，「你們才高中嘛，說小不小了，說大又不夠大，熱情有餘，理智不足，害人害己，又會荒廢學業，學校是一片好意！」

「嘿！你跟我們的校長一鼻孔出氣。現在是自由戀愛的時代，我認爲落伍！」奕祿嗚不平。

「在學校裏，男女又可同班，同班又不可以隨便講話。男女之間不可以談私事，而且交談不得超過三分鐘。」

「你們學校眞有意思！」秋珠覺得好笑。

「你才說有意思，如果你們也穿上我這個制服，簡直會氣死！」奕祿說。

「老師們以爲男女同學在一起談話就是談戀愛，眞是落伍，從前他們那種授受不親的時代當然如此，現在是什麼時代嘛，他們一點也不認識。他們那些老古董，只能教書，做人，他們不合潮流。」得政說。

「不合潮流並不一定不好，」寶香說，「像論語，一副嚴肅的面容，枯燥的言辭，一點也不討人喜歡，不過，說實在的，想想那些孔子說的話，的確也有用，很有道理。」

得政有一點納悶，以爲寶香這個女孩子頭腦並不新，眼睛不動地看了她一會。寶香則不全把他放在眼裏。

「我們的校長是個老處女，」秋珠說，「她請老師，第一個條件是女的。對男老師，一定要有太太，年紀在四十五歲以上才合格。大學剛畢業的男小伙子，一個也不要，學問再好也不要。就是有太太的男老師，也要其貌不揚才上選。」

「怕你們愛上老師？」得政說。

「也許。」寶香不屑地把嘴角向下一擠。

「我想不是。」奕祿有妙論，「一定是怕她自己動情。」

「好缺德！」秋珠掩住嘴巴笑。

「隨便侮蔑人家，不得好死！」寶香用眼角瞟了奕祿一眼，「我們的校長是正人君女。」

「什麼叫君女呢？」奕祿還沒聽過這個新名詞。

「男的叫君子，女的叫君女，」寶香說明，「這是我們學校的同學創造的名詞。」

「我同意！聽起來雖然有一點怪，這是從前蔑視女性的結果。」奕祿說，「像報上登的，男老師的太太叫師母，女老師的先生，就不能叫師父。君女雖然怪，比女老師的先生無法稱呼的總要好些。這是專制時代的罪孽。」

搖晃了二十幾分鐘，他們在員樹林下車，走幾分鐘路到齋明寺去。

廟宇怎樣，裏面供什麼神，他們都沒有興趣。陽光不強，庭院是一片鮮綠的茸茸的草地。

「在上面坐坐如何？」得政向秋珠提議。

「好嘛！」

秋珠先跨步上了草地，兩脚一伸，就屁股朝著神殿，坐了下來，拉拉裙子，避免被瞧見了內衣褲。

奕祿旁著得政，寶香旁著秋珠坐下來後，奕祿頗覺坐法不對勁，便提議說：

「我們來玩一種遊戲如何？」

「好啊！」寶香說。

「那，我們兩個換一下座位。」

奕祿和寶香把座位調過來。變成男女相間。

「我們把圈子縮小一點。大家把手牽起來，放在身後。」奕祿指揮著。

當他一手握住寶香的手掌，另一手和秋珠的手相握時，已陶然如醉，一時說不出話來了。

秋珠的手給他的感覺很平凡，而寶香的手可就不同了。很多肉而且細軟，就像倒在彈簧床上那樣，有一種沉陷的快感。

「怎麼玩法？」秋珠提醒奕祿。

「一個人猜。其他三人誰都可以發電。猜的人把兩掌向兩邊攤開。發電的方法是，用力握一下旁座的手，被握的人，一定要傳達給第二人，猜的人身邊的人收到電訊，就向他手掌拍一下，他就要猜，看是誰發的電。得！你先猜！」

奕祿不要做猜的，他要握住寶香的手，而且把手觸著她的臀部，那無可比擬的柔軟，帶給他很美的感觸。

玩了幾次停下來。奕祿得意地說：

「你們讓我握住手，都被我吃了豆腐了。」

秋珠的臉沉下來，寶香不屑地白了他一眼，說：

「這樣的想法低級！」

奕祿的臉紅起來了。

「我是說誠實話。」

「誠實當然很難得了。」寶香說，「我這個人就喜歡有什麼說什麼。」

「我們找個地方吃吃麵包如何？」得政站起身來，「已經十二點一刻了。」

他們走出了廟的外門。走過小小的樹園，到了水泥地，兩旁是剪平的綠竹的甬道。

「這個地方很幽靜。」得政向秋珠說話，「對住慣都市，想求得一段寧靜的人很有用處。」

他們併排走著，路不寬，寶香隨在身後。

奕祿把嘴貼近寶香的耳朵：

「我有話告訴你！」

同時捉住了她的手，要她稍稍落後些。

「怎麼這樣神秘？」

寶香抱怨了一句。但沒有擺脫。

「你的直率，使我很尷尬，但是，我喜歡你的直率。」奕祿說。

「我常常得罪人。」寶香對自己另有看法。

「你不會得罪人，」奕祿說，「你的爲人使我著迷！」

「你是討我歡心？」

「我不是那樣的人。」

「那你爲什麼要對我說這樣的話？」

「是我眞實的感覺。」

「你好像很熱情。」

「是的，我也有同樣感覺。」

奕祿再看看前面時，一個影像使他驚住了。秋珠的長腰走起路來像蠕動的蛇，很逗人。奕祿一直釘著看，一時冷落了身邊的寶香。

「你們男學生，好像對女學生很有興趣。」寶香說。

「是啊！有女同學在一塊兒就很有意思。」奕祿說。

走完了一段水泥路，要往靈塔的路是只容一個人行走的土路，而且右方有險坎，寶香要奕祿先走，奕祿說：「Lady first！」寶香愉快地走在前面，奕祿則偷偷地欣賞著她的臀部。秋珠的小小的，兩邊有向裏凹的趨勢，看起來有一點扁平，寶香的則不同，很豐圓；那曲線之柔，美得幾乎使他要氣喘起來。

走完了小路是一段一二十公尺長的小丘坡，路大了，奕祿覺得自己在後面欣賞人家的身體，被知道了，不好意思。三脚兩步趕上去，對寶香說：

「你長得眞美！」

「怎麼突然這樣說？」

「剛才我走在後面，看到你的身材很美。」

「我發覺你不太規矩。」

「尤其是你的臀部的曲線，柔得不能說。」

「低級！」寶香白了他一眼。

「請不要用這樣的字眼，」奕祿溫和地抗議，「我是說的實話。」

寶香沒應，往前走路。

「我得罪你了嗎？」奕祿趕上去。

「你怕得罪人嗎？」

「我是要使你高興。」

「哦！原來你的話是爲了討人歡喜的！」

「不是！不是！」奕祿慌得很，「剛才的話都是實話。」

「我們在那兒吃飯啊？」秋珠回過頭來問他們，原來已經來到靈塔的前面了。

「到塔上的涼亭去如何？」奕祿徵求寶香的意見。

「好啊！」寶香沒有異議。

他們順著階梯爬上去，在涼亭下的石凳上坐下來。

「咦，從這裏望大溪，風景好美啊！」得政說。

「人家早就說過了，」秋珠說，「在大溪看大溪，一點也不美，站在遠處看大溪，才能領略它的美。」

得政開始解開野餐盒的塑膠帶子。秋珠說：

「我們換過來吃怎樣？」

奕祿對這提議最感興趣，馬上說：「很好！很好！」

秋珠抿著嘴唇笑，寶香忍著不露笑容。

奕祿伸手取過她們買的麵包，打開盒蓋一看，不覺大叫起來：

「啊！上當了！上當了！」

裏面是枇杷、芭樂、酸梅和一瓶錫罐汽水，一塊麵包也沒有。

「那，我們只好看你們吃了？」得政有一點啼笑皆非。但不敢有所主張。

「可憐的男士們，你們總得仰賴女人，才有辦法解除你的飢渴。」寶香一本正經地背了幾句臺詞。

「我們吃不了那麼多的，你們拿去用吧！」秋珠也學著扮演戲劇的神情。

奕祿立刻攫起一塊麵包，稱讚著說：「是誰想的主意？太聰明，太好了！」

這一頓野餐，就在這樣的愉快氣氛下開始。

吃下了一塊麵包，得政首先開口：

「你們兩位，我有一個問題想請問你們，但是，你們一定要說實話。」

這種氣氛使兩個女的臉上也感染了嚴肅。

「今天沒有人說假話的，有話儘管說。」奕祿插嘴。

「聽說女同學們，很羡慕我們的學校，我們學校的招牌，在女同學心上分量不輕，是眞的嗎？」

「老實說，是眞的。」秋珠說。

「不過，對我們來說，並沒有太大的吸引力。」寶香說。

這話，使兩個男同學互相偷望了一眼。

沉默了幾分鐘，奕祿深深吸了一口氣，鼓勇說話了：

「我喜歡文學，我的文章雖不怎麼好，但寫得還可以。我是校刊的編輯委員。我最喜歡徐志摩，那『再別康橋』中的『輕輕地我走了，正如我輕輕的來，我輕輕的招手，作別西天的雲彩。』多麼瀟灑！還有那『偶然』，『我是天空裏的一片浮雲，偶爾投影在你的波心—』這又是何等實在！……」

「你對徐志摩研究得很多嗎？」秋珠詢問他。

「可以這麼說。」奕祿抑制著他的得意之情。

「那麼，我請教你，」秋珠又說，「你對徐志摩的戀愛，看法如何？」

奕祿的得意之情立即煙消雲散了。

「他不是自由戀愛結婚的嗎？」奕祿勉強應付著。

「我是說，他跟陸小曼的愛情，你有什麼看法？」秋珠一步一步進逼。

「我不知道該怎麼說。」奕祿含糊其詞，窘態已掩不住了。

「他是跟一個有夫之婦相戀，而結婚的。」秋珠又說。

「感情很微妙，一個人很難在它面前控制自己，我不敢評論。」

奕祿捲起了尾巴，沈默下來。得政對這種氣氛頗不能安，於是也開口說：

「我不喜歡文學，我不愛那一把鼻涕一把淚水，我喜歡思想。最近我讀了尼采，我嚮往那超人哲學，人生在世，就要做個超人，除了超人，實在沒有別的意義。我已決定，追求超人爲我的人生目標。你們念過尼采沒有？」

「我不喜歡尼采，我喜歡存在主義。」寶香說，「我以爲超人沒有什麼意義，那是一種瘋狂，存在就是價值。」

「我對存在主義，還沒有下功夫研究，不敢妄說，不過，超人哲學可以鼓舞人的精神，這是我深刻感受到的。」

「尼采，據我所知，是沒有結婚的，那是超人的表現，你也追求同樣的理想嗎？」

「我沒注意這一點。」得政的聲調低沈下來了。

「尼采對女人的看法，你也以爲正確嗎？」

得政摸不著頭腦了。「唔？」他在心中問著自己，終於坦率地承認自己的失敗：

「我沒唸到這樣的。」

「尼采說，女人是要用鞭子打的。」

「他說過這樣的話！」得政訝然，「如果他生在今天，他就不會講這種話了。」

「我想，生在今天他還是會講那種話的，只要他是自以爲超人，只要他不結婚，他不會知道自己的錯誤。」

得政啞口無言，想不到這小妮子會這樣有思想。

「汽水怎麼喝呢？」奕祿立卽趕去得政留下的失敗氣氛。

「當然我們先喝了。」秋珠說，「是我們買的嘛！」

「那不公平！」奕祿說。

「我們喝好，再輪你們，」寶香瞪著奕祿說，「那不正是你們最喜歡的嗎？」

「啊！缺德，缺德！」奕祿大叫起來。

「不要想那些，」得政說，「不分彼此。」

於是秋珠先喝了，然後輪寶香。寶香喝完之後，奕祿就搶了先，喝了之後，一邊把罐子交與得政一邊說：

「都是汽水味，那有你們女孩子的味兒。」

說得其餘三個人都笑了。

玩了一下疊掌打手的遊戲，奕祿拿出撲克牌，兩人一組玩了一會「拿破崙」，寶香看看腕錶，忽然說：

「我們得回去了。」

「還早嘛！」得政說。

「我們先要回到家提早吃晚飯，然後還要趕車到學校去。」秋珠說。

於是他們從靈塔上走下來。順著原路，回到公路上。恰巧一輛計程車向龍潭的方向，兩個女的一招手，車子便停下來了。

「再見了！」

兩個女孩招呼一聲就上車了。

車子立刻開行了，但女孩子們打開窗子，伸出頭來，一邊向他們招手，一邊大聲說：

「再見！」

她們的白底圓紅點的衣裳，她們無邪的微笑，在他們兩人的眼裏，簡直就是會笑的花朵。

她們快樂地走了，留給他們的是無限的茫然。

「她們好像是女師專的。」奕祿說。

「你怎麼知道？」

「她們不是說，今天要趕回學校去嗎？一女中二女中，不會有學生宿舍啊。」

「不一定是女師專的。」得政說。

「你怎麼知道？」

「她們不是說過，校長是女的，是老處女嗎？」

「那一定是一女中，不然就是二女中的了。」

「也許是景美的！」

「我想不是。」奕祿說，「一女、二女的才敢說我們學校對她們並沒有很大的吸引力。」

「你不是喜歡徐志摩的『偶然』嗎？他已經告訴你了：『你不必訝異，更無須歡喜——在轉瞬間消滅了蹤影。』你喜歡他的詩，就該聽從他的話。」得政說。

「他×的！」奕祿用力一跺脚。

「幹嗎？」得政疑惑了。

「恨！恨被老師說對了：男女同學，在一起就是戀愛！」

——本篇原載於《自立晚報》「星期文藝」，一九七四年二月十七日出版。

希望

一個碰到熟人就很自然地展現微笑的小伙子，有人責備他，他會瞪著疑怪的眼神，凝視別人失常之可笑的年輕人，乒乓球打得很好，也極喜歡打乒乓球，每天在放課後，在乒乓室都可以找到他的影子。他不在乎輸贏，只是，沒有一個球，他會隨便打的，每一個球，他都全力以赴，動作快、姿態好，球技也精，因此，常常一上場，就很少下來。勝利，臉上並不會有驕傲之色，只有打出好球時，甜在自己心裏，或謙虛地接受人家的稱許。

老黃第三次被他打下來，退回休息處，老邱第四次上場。小伙子一看錶，已六時一刻。

「老黃！給你打，我非回去不可了！」

「奇怪！等我把你打下來再走嘛！」老邱報仇心切。

「天還沒黑嘛！再打嘛！」老黃也慫恿他。

小伙子實在脫不得身。只好不顧一切，說實話了：

「太太在火車站，要我去載她回家！」

「唉呀！回家就算你沒出息！」

「回家是太太養的！」

他們一個人挖苦一句。小伙子笑笑，對他們說：

「明天在球檯上再給你們好看！」

受了一陣侮辱，小伙子總算脫身出來了。

從星期一到星期六，只有一天，他不賺外快，可以到車站去接她。

接她，只是小伙子想這樣做，太太並沒有要求他，只是，小伙子覺得，坐一小時的火車，又要走十五分鐘路，對那嬌生慣養的小女人，實在太辛苦了。她本可以坐計程車回來的，她說，一分鐘一塊錢，太吃人！她寧願走路。

她開始上班以後，已經走了四天了。她沒告訴他幾點幾分火車到站，更沒告訴他走怎樣的路回家。我們的小伙子只曉得她六點半左右到家，這時候，一定在路上了。

小伙子騎著摩托車，順著自以爲從火車站到家最短的路駛去，由中央路，拐入新明路，轉中山路，入中平路，再轉大同路，騎右邊，眼睛卻要看左邊，不能快，但他希望在下班的人潮中發現她，好爲她盡一點應盡的情意。

由大同路，再彎入中正路時，終於上天不負苦心人，小伙子發現到他那親愛的人兒了。

「算你運氣好，讓你碰上了。」太太說。

半路又到市場買了些吃的，回到家已七點鐘了。太太在沙發上一坐，拿起晚報，懶懶地看著，像是很疲倦的樣子。

電鍋裏的飯，由定時鐘的調節，早已煮好了。別的日子，這時候，我們小伙子早已吃過飯，騎著車出去了。

肚子餓了，看太太疲乏，也就不敢向她說肚子餓了，自己下廚，先作菜去了。

不巧的是，一個同事來，他已吃過飯了。我們的小伙子，只好從廚房來到客廳應酬。

「換你！」

小伙子通知太太一聲，掏出煙來敬客。

太太並沒有馬上行動，正如鄉下人說的，彷彿屁股生了根了。

鍋子裏，水份已不多，會燒焦。因此，爲客人點上了火，在沙發坐下來，小伙子用脚尖偷偷催促太太。

這一來，太太不高興了。她說：

「把火關掉嘛！」

小伙子的微笑的臉，突然掠過一層烏雲。但是，他什麼也沒說，他只專心陪客人。

不到幾分鐘，鍋子裏的響聲有一點不平常了，太太才放下報紙到廚房去。

客人知道他們還沒吃飯，坐了一會兒就起身告辭了。

小伙子緩緩走到廚房，問她一聲：

「燒焦了沒有？」

「誰叫你不先把火關掉再出去？」

我做錯了嗎？小伙子自問著，混蛋的字眼已跳到喉頭，手舉起來，想在桌上用力一拍。但是，小伙子都沒有做，胸口可是已經被塞滿了。

他不能在太太面前消掉心中的悶氣，他便推出摩托車，騎出去了。

在一個朋友家，磨了一個多小時，小伙子回到家時，太太哭得像淚人兒。

太太一個人坐在沙發上，小伙子到她身邊坐下來。

「你不該這樣對待我的！」

太太伏在他的肩上，眼淚很快溼了他的衣服。

太太的傷心，使他很不忍，他爲了安慰她，把一手擱上她的背，並一再地叫自己說：

「我把火關掉，就沒事了！」

「是嘛！自己不聽明，卻怪到我頭上來……」

太太委屈地哭訴著。

小伙子抱著她，什麼話也不想說。

「你不該這樣對我的！」

爲了使她止哭，小伙子寂寞地有氣無力地拍著她的背，自言自語地說：

「是的！——我不到廚房去，是不會有事的！」

這時候，和外表的慵懶相反的，小伙子內心，有著極熱切的希望，只是，他不願說出來。

小伙子，只是輕輕地抱著她，他沒有辦法用熱情溫暖她，只有希望她自己停止哭泣。

一直到她止哭了，小伙子才懷著小小的希望對她說：

「我還沒有吃東西！」

——本篇原載於《自立晚報》副刊，一九七三年八月二十六日出版。

寡母

正明第四堂沒課，上完了第三堂課，就騎著摩托車，急忙趕回家。正在淘米的時候，忽然聽到門口響起了很優美的車聲——沒有機器鐵皮相碰的雜音，只有橡皮輪子和風聲的那種響聲優美的煞車聲，很靈的，一下子很自然地停了下來。但是正明並沒有放下正在淘的米，他心裏想：不管他是誰，到他按鈴再去開門還是來得及的。

沒想到來的人沒有按鈴，把紗門一打開，就響著高跟鞋篤、篤、篤、篤地走進來了。到了廚房門口，不待正明開口已經先發話了。

「唉呀！前世沒修，兒子變成了媳婦！」

說著她就把手裏提的東西放在餐桌上，向正明走去。

「放下！放下！這個工作讓我來。煮飯洗衣不是你們男孩子做的。」

母親把正明手上的鍋子搶了過去，也不怕水弄髒了她新做的衣服，也沒有考慮洗手臺邊是不是有水，是不是不乾淨，就把身體靠上去，沙、沙、沙、沙地用手在鍋子裏攪動，淘起米來了。

正明趕快抓起吊在窗邊的圍裙，塞到母親的腹部前面，然後在背後把帶子綁好。

「這一下子就好的，要圍裙幹什麼？」

母親轉頭向正明一笑又繼續淘米。

正明用乾抹布擦擦手，看看堆在餐桌上的兩三堆東西問著說：

「妳又買了什麼東西呢？」

「買一些猪脚了、鴨掌了、鷄翅膀了，還有幾個蘋果。」

「我常常告訴妳，妳來這裏不要買東西。我回老家買東西給妳那是應該的，妳到我這裏來，要吃什麼，我會去買的。妳爲什麼要自己買呢？」

「傻瓜！」母親有一點生氣似的把水龍頭轉緊關了水，瞪著正明說，「你知道什麼！有媽買東西給你，難道你還不高興嗎？」

正明笑了。

「我怎麼會不知道呢？媽說我傻，看您說這種話，似乎也不見得聰明。」

「沒用的孩子！居然敢和媽媽頂嘴。」

母親的眼角盪漾著笑意，並沒有像她所說的話那樣生氣。

當她把鍋子放到電鍋裏，蓋好了蓋子，壓下開關，正明馬上遞給她毛巾。

「來到這裏，媽還這樣辛苦幹什麼呢？」

「你知道什麼！」媽還是那一句口頭禪。

媽匆匆擦了手，把毛巾向牆壁一掛，就抓起正明的手，拉著他往客廳走。

「趕快來，我有話要告訴你。」

「什麼話這樣要緊呢？」正明說，「車子被妳佔用，大哥要辦事，又得坐計程車了。」

「你總是想大哥，你也不會想想我。」

「大哥對妳不是很好嗎？」

「好才怪呢！」

正明在沙發上和母親相對著坐下來，母親就兩眼睜得大大地看著正明一會。

「你到了中年反而比年輕的時候好看，素梅有沒有對你更好些呢？」

「她一向對我都是很好的嘛！」

「我是問你有沒有比以前更好些，你難道沒有去感覺嗎？」

「已經很好了，還要再好，那怎麼吃得消呢？」

母親忽然感覺這個話題，很不妙，馬上改口說：

「你呀，越來越是像你的爸爸了。」

「我本來就很像嘛。」

「我是說現在比以前更像了。」

「不是現在比以前像了，只是現在和留在母親心中的爸爸的影子更加接近了。」

「嗯，這也有一點道理。」

「媽剛才說要講大哥的事，大哥怎麼了？」

「對了，本來是要談大哥的，一看到你就把他忘了。人老了就是這樣糊塗，我本來是爲了你哥哥的事來的，來到這裏卻又忘了。」

「是哥哥的事業，還是哥哥對妳的事？」

「他的事業，那我才不管呢！他賺錢是他自己高興，他不賺錢我照樣可以生活，對我有關係的，只是他對我的態度。」

「我知道他對妳是一片孝心，會有什麼不好嗎？」

「你大哥，對我那有什麼孝心呢？一天到晚在外忙來忙去，只曉得賺錢，有時候要買肉給我吃，還叫司機送來，連人影子都看不到。」

「媽，妳也要瞭解哥哥的事業，要經營一種事業是很忙的。」

「這還用得著你說！我怎麼會不知道呢？從前你爸爸開一個店子做生意，忙得一年回一兩次娘家都得我一個人去，忙，脫不開身，我當然知道。但是我就是不喜歡那種忙法。」

「可是事業已經做了，做了就得忙，這又有什麼辦法呢？」

「你大嫂也跟他一樣，過節叫她把孩子們帶回來，她居然說孩子們不喜歡回老家。因爲老家在公路旁邊，車子多得不得了，吵得耳朵都要聾掉，而且前院沒有花園，後面又沒有空地，不好玩。她居然敢向我講這種話！」

「那也是眞的啊。」

「我怎麼不知道那是眞的呢？就是眞的也不該在我面前講啊，就是眞的也不能討厭的啊。」

「媽，妳總是想妳自己……」

「我不想我自己，現在還有誰替我想啊！」母親眨了眨眼皮，眼眶裏水分多了起來了，但是她忍著，還沒有到飽和的狀態。

媽雖然把幾乎要掉下來的眼淚忍住了，但是話卻說不下去了，也擔心萬一情緒再激動，眞的流下眼淚來，所以她站起來，很快地走向廚房，對正明說：

「你上樓去讀書去吧，廚房的事我來料理，要煮什麼我會打算，今天讓媽煮一些很好的東西給你們滿足滿足口福。」

正明站起來向廚房一瞥，看到母親正掏出手帕把眼淚印乾。

正明上了樓，點了一支煙，在書房的搖椅上坐下來，吞了一口煙，望著冉冉上升逐漸消失的煙縷。

讓母親，而且是來做客的，在廚房忙著，自己怎麼能夠讀得下書呢？想著母親在廚房裏忙碌的情景，小時的回憶不覺兜上心頭。

母親似乎從小就對他有著偏愛。

那時候家境還不很寬裕，住的房屋不大，房間不夠，孩子們都沒有單獨的臥房，大哥和寄居的叔叔睡在前面的閣樓上，弟弟跟祖父睡在前房，正明卻和父母親睡在後房。照一般的情形，母親總是喜歡把最小的孩子留在身邊，可是不知爲什麼，母親卻把第二個孩子正明放在她的身旁。

正明還記得，後房聽不到前面大人的談話聲，只點著一盞昏黃的油燈，要睡覺的時候總是非常害怕，一定要母親坐在床沿，握著他的手，一直到睡著了，才肯讓母親離去。

有一次怕母親厭煩，想睡的時候對母親說：

「我先在前房跟弟弟一起睡，睡著了，妳才把我抱到後房去。」

母親聽了卻非常生氣。

「這樣幹什麼呢？要睡母親會陪你的，想那些亂七八糟的幹什麼？」

又有一次正明隨著大哥和弟弟到河裏去游泳，被鄰人看到，向母親報告。回到家，母親用做竹掃帚的一把竹枝重重地鞭打三個孩子，大哥跟弟弟被打了一兩下逃走了就放過了，正明挨了兩下，也想照樣脫身，沒想到母親卻不放過他。

「你跑！敢跑，看我敢不敢打死你！」正明看母親這樣生氣，就立在那裏不敢逃走。

母親上前兩步，又在他的脚脛兇狠地抽打起來。

「大哥不聽話，弟弟不聽話，爲什麼連你也不聽話！」

母親似乎因爲傷心而生氣，正明的不聽話和哥哥弟弟的不聽話，給予母親的心理影響似乎是不相同的，彷彿正明的不聽話給了她格外重大的打擊，引起了她過度的傷心。

廚房裏的鍋鏟聲停下來了，正明看看錶，長針和短針正疊在十二的地方。

「十二點了，素梅和孩子怎麼還沒有回來呢？」母親的聲音從樓下響了上來。

正明站起來，伸伸懶腰向樓下走去。

「他們是十二點十分才下課的。」

「喔！我又忘了。」

「那我們就坐下來等吧。」正明就在母親的斜對面坐下來。

「正明，」母親好像有什麼事似的叫他一聲，「你有沒有注意到媽今天有一些不同？」

「除了穿了一件絲絨的旗袍以外，我不知道有什麼變化。」

「你眞的沒有看出來？」

正明仔細注意母親的臉和衣服，母親也像模特兒似地擺出讓人觀察的姿態。

正明終於搖搖頭。

「你這樣差勁，素梅怎麼會快樂呢？」

「眞是有什不同嗎？」

「我的眉毛不是更黑了些嗎？」

「聽妳說起來，倒也有這樣的感覺。」

「我今天用你弟媳的眉筆稍爲抹了幾下，」母親說，「這樣有沒有看起來精神好些呢？」

「媽不要化粧還是很好看。」

媽忍不住笑了。

「傻孩子，不化粧看起來老老的，有什麼好看呢？」

「媽不曉得，看老人家並不是要看她跟年輕時候一樣，看到她現在的樣子，瞭解她的年齡，就會想到她年輕的時候風韻是怎麼個樣子……」

「你是說媽不用打扮了？」

「媽喜歡怎樣就怎樣，用不著考慮那麼多。」

「人家怎麼樣想我可不管他，我只是在問你，我知道你的意見就好了。」

素梅和兩個孩子一起回來了，大家便開始了愉快的午餐。

「我裝飯給你吃。」母親對正明說。

「那有這樣的呢？」素梅把碗從母親手裏搶了過去，「您坐下，我來裝。」

母親只好坐下來，但是好像不滿素梅的不懂事似地瞪著她。

母親吃了幾口飯又看了看正明，對素梅說：

「素梅呀，妳嫁給正明眞是幸福。」

「正明才是幸福呢！」

母親一驚，認眞地詰問說：

「怎麼說呢？」

「他有一個這麼好的母親，不是嗎？」

母親這才放下心頭的石塊，輕鬆地噗嗤一聲笑出來。

「菜一定是阿婆做的，」大兒子說，「爸爸做的沒有這麼好吃。」

母親笑笑，看著正明說：

「猪脚、鷄翅膀、鴨掌，都是你喜歡吃的，你不多吃一點？」

「我吃得很多啊，不是嗎？」正明說，「比館子裏做的還要好吃。」

素梅接下說：

「所以你們幾個兄弟都養得胖胖的。」

飯後素梅有睡午覺的習慣，母親馬上催著她說：

「妳要睡午覺就去睡，不要管我，我會跟正明聊天。」

母親在沙發上坐下來，正明也在她的對面入坐。母親的話匣子立刻就打開了。

「沒想到人越是老，煩惱越是多……」

「怎麼說呢？」

「你弟弟，還有你弟媳，他們只曉得老人家有得吃、有得穿、有得空閒就好了，人家心裏想什麼，心情怎麼樣，他們一點都不在意。」

正明知道母親說的話並不是很認眞的，也曉得她所講的並不完全是眞的，母親只是喜歡有個人說一說，而在說話的時候總是希望聽話的人能夠產生對她有利的情緒，而有意地把事實加以歪曲，或者說一些根本沒有的事，因此正明只是笑笑。

「眞的，那兩個，我心裏怎麼樣，他們是完全不知道的。昨天我看她在撿長夾豆，我就蹲下去跟她幫幫忙，沒想到她卻說：『妳把有黑點的也撿起來，我不要妳幫忙。』她居然敢向我說種話。」

「我知道弟媳婦是不喜歡吃那有黑點的豆。」

「可是那只是有點子而已，並不是壞掉的。」

「我告訴你弟弟說他的太太頂我，你猜他怎麼說呢？」

「……」

「他說：她不要妳管，妳就不要管她，做一個閒人不是更好嗎？」

正明抬頭看看壁鐘，母親立刻有所意會似地說：

「下午還有課嗎？」

「有的。第一節就有。」

「那我就回去了。」

「我打電話叫哥哥派車來接妳回去。」

「不要，我想坐車回去，你有沒有時間送我到車站？」

正明又看了看壁鐘。

「走到車站我再趕去上課，現在動身的話，是來得及的。」

「那我就馬上走。」

走在路上，母親抓住正明的手用手指揉著說：

「素梅好像讓你做了不少雜事，看你的手掌，相當粗了呢！」

「現在天氣比較冷了，一會濕一會乾，就會這樣子。」

正明把手讓母親握著，自己卻沒有辦法，也不敢去握母親的手，只感覺母親的手比素梅的還要細，還要嫩，大概是因爲沒有做活的緣故吧。

自己的頭上已經開始長白髮了，身邊的母親還是精神這樣煥發，這使得正明和母親走在一起，心裏頭也有著某種愉快。

在靜默中正明憶起了小時候母親拉著他的手走路的時候。

那是父親到大城市去販貨，很晚沒有回來的時候。

母親往往在床前踱過來踱過去，然後伸手在正明的肩膀推一下，叫一聲，看正明嗯了一聲，又睡著了，想叫又不忍，又在床前踱來踱去。聽到時鐘又噹噹地敲起來了，夜更深了，她的心也更急了，才下了決心似的猛推正明的雙肩，把正明叫了起來。

「快，起來，陪媽去接你爸爸。」

爸爸愈是回來的遲，媽的心裏愈是慌急。

那時候正明在黑暗的路上，靠著手電筒的光，照出了一小片白白的泥土路，只感到黑暗的可怕，緊緊地偎在母親的身上，現在想起來，那時候的母親所擔心的，究竟是什麼，擔心的程度又到那裏，似乎可以想像得到的了。

如果父親在對她的感情上有所分心的話，那是她心理上很難負荷，多半要受不住的。

正明抬頭望了望母親，母親的眼睛直視著前面，默默地走著，彷彿就像從前在夜路上握著正明的小手，心裏一直惦記著父親的情形一樣。

好久好久，母親的意識才從老遠的世界回到了現實。

正明感到母親的手本來相當鬆弛的，忽然緊緊地一握，想要和母親說些什麼，母親卻先開口了：

「下次你要什麼時候才回老家看我呢？」

「唔……」正明想了想，「我上個星期才回去，這個星期妳又來我這裏，我想下個星期我就不回去了，下下個星期天我再回去看看妳。上次買給妳的高麗參，大概也要到那個時候才會吃完吧？」

「下下個星期，不行的。」母親說，「現在天氣已經相當冷了，媽想給你打一件背心，你下禮拜天就回來拿。」

母親的話似乎沒有徵求同意的意思，彷彿是命令似的。

「背心是可以買的，很好的也可以買到，媽用不著辛苦的。」

「總是想買呀買呀買的，買的東西都是粗製濫造的，手工打的穿起來才眞正溫暖，你們小時候，那一個不是穿媽打的毛衣長大的？」

「那也用不著在一個星期裏面趕出來。」

「媽又沒有做什麼事，一個星期打一件毛衣，那是用不著趕的。」

「你慢慢打，打好再通知我不就得了嗎？」

「那是不成的。」母親說，「我知道你下個星期天會回來，心情就會更好些。」

「好，那我就下個星期天回去。」正明說，「不過，媽不要趕，做好沒做好都沒有關係。」

「好的。」母親這才滿意似地說，「這才像媽的孩子。」

走著走著，母親突然說：

「不要送了，你可以回去了，免得太匆忙，或者遲到就不好。」

正明看看錶，的確，要趕上課，如果送母親到車站是相當急的。

「那我就送到這裏，趕上課去了。」

「好，就送到這裏，能送到這裏，媽已經很高興了。」

母親站住了，也鬆開了正明的手。正明轉身要開步以前又對母親說：

「我下個星期天會去看妳。」

「我知道了。」母親好像嫌他嚕嗦似的。

正明快步往回走，走了差不多一百公尺，到了拐彎要進到自己的莊子去的時候，回頭看看母親大概走到那裏。

以爲母親可能已經走得很遠，大概影子都看不到了的，卻出乎意料之外的，母親仍舊停留在剛才分手的地方，一步都沒有移動，而且一直都在守望著他的後影。

看到正明回首，母親立刻舉手搖了搖，正明也舉手向母親招一招。

回到家，素梅已經從短短的午覺醒來，正在打扮準備上班，正明一看到她就說：

「媽要我下禮拜天一定回去。」

「爲什麼？」素梅覺得很意外。

「媽要爲我打一件毛線背心。」

「誰叫你是生得最像爸爸的孩子！」

——本篇原載於《自由談》第二十七卷第四期，一九七六年四月出版。

暖流

收音機正播放著客家人的採茶山歌，對李老先生夫婦而言，這是頗爲親切有趣的節目，因爲他們是客家人，而且生長在漫山茶園的鄉間。可是，山歌雖然好聽，卻沒使他們忘去別的。

李老先生一邊聽著收音機，一邊把臉側仰起來，斜瞟了一眼壁上的鐘。

「七點十分了。」他通知他的老伴兒。

「還有五分鐘。」老伴兒說。

他們都深知今天是星期五，七點十五分有「溫暖人間」的電視節目。

「今天的劇名是『溫暖的冬季』。」李老先生說，好像他頗爲嚮往似的。

「很別緻的節目。」老伴兒回答。也怪傾心似的。

但是，他的老伴兒仍舊在沙發上坐得穩穩的，沒想起身的模樣。

「不去看嗎？」李老先生轉臉看了看老伴兒，如果她想看，他並不打算阻止她到隔壁宋家去看電視。

他的老伴兒也跟他一樣，關心他的心情，勝過電視節目。

「你，不想去看吧？」老伴兒反問他。

「嗯。」

「我也不怎麼想去。」

「哼哼！」

李老先生笑了兩聲，他很高興老伴兒的心情和他一樣，上一週星期五，照例兩夫婦一起到隔壁宋家去看溫暖人間電視劇，看完正想告辭，主人宋先生忽然說：

「李先生，我說了你別見怪，領了十萬元退休金，不買一架電視機享受享受，你要留著它做什麼？是做得到的事，不是做不到的事，我勸你，還是趕快買一架吧！」

宋先生這話，究竟是美意惡意，李老先生夫婦可弄不清，也不願深究，只是聽起來，怪不是味兒。所以，他們這一週不去隔壁看電視了。

但是，不去，怕隔壁的宋先生會生誤會，李老先生有一點擔心。

「不去，人家可要以爲我們小氣嘍。」

「這星期不去，下星期我們再去嘛！」老伴兒蠻有主張。

「下下星期呢？」

「不去。」

「下下下星期呢？」

「再去一次。」

「以後呢？」

「再也不去了！」

「哼哼！」

李老先生又笑了，他眞佩服老伴兒的妙法子。

不過，法子儘管妙，受氣還是受氣。李老先生的心不能平靜。

「還是自己買一架吧！」他說。

「不要在氣頭上決定什麼。」老伴兒馬上阻止他。

李老先生還是佩服老伴兒的修養好，他不再說什麼了，他的老伴兒可有些兒放不下心，開導著說：

「你那十萬塊錢，放在銀行裏，一年只有一萬元利息，一年一萬元，一個月分配不到一千元，沒有省儉些，還得吃到頭（本）呢！吃頭，有幾年好吃？吃光了不死掉怎麼辦？再也沒有別的來路了，只能吃利，萬萬不能在『頭』上動腦筋。」

「我多種一點蘭花賣賣，或許能換到一架電視機。」李老先生興緻勃勃的。

「蘭花不能再多種了，就那幾十棵娛樂娛樂就好了，再多種，變成了工作，你的體力、精神都受不住的，生活我可以少享受些，健健康康地活著要緊。」

老伴兒說的是，不過，李老先生還有主意。

「其實，也不必全要靠自己，到退休金用完，還不死，難道兒子會不養我們嗎？」

「不養，料是不敢。」老伴兒說，「不過自己靠自己，心曠神怡，若自己沒了辦法，要賴兒子養命，兒子、媳婦不嫌什麼則可，要是像隔壁宋先生那麼說一句半句，你我怎麼受得了？被別人說，還有可忍；被自己的兒子、媳婦說，可會氣死。」

李老先生打心底裏同意老伴兒的看法，對她省儉的主張也附和起來了：

「沒病沒痛，或突然死去，倒沒什麼，要是有了病，又積年累月治不好，十萬元，兩個老人，也十分有限度。」

「所以，我說，電視機還是不要買吧！」

事情就這麼決定了，不過，在心裏面，不論是李老先生或是他的老伴兒，總是想：如果能有一架電視機，多好！

星期天，老先生夫婦的那個當公務員的兒子，帶著媳婦和兩個孫兒來探望他們老人家，吃過午飯，小孫兒就感覺不習慣，沒隱藏地喊起來：

「公公家裏不好，沒有電視好看。」

這個兒子沒什麼嗜好，除了上班，只想運動和娛樂。所以，省呀儉的，湊起幾千元買了一架電視機。聽他兒子這麼一說，他也就抓住這個進言的好時機，馬上說：

「爸！您怎麼不買一架電視機？像今天的話，有電視長片，可以看到三點半。」

李老先生不敢說他想買，說想買而又不買，那不是等於叫兒子買嗎？這個公務員兒子不是個有錢的兒子，李老先生不敢叫他破費。從兒子的話聽來，兒子也沒有想要買電視機孝敬他們的意思。他只是說：您有錢，怎麼不去買一架？您太空閒，電視消磨時間很好，為什麼不買？

「電視這種東西，沒有也好。」李老先生說得蠻不在乎。

「雖然貴，確是有價值的。」媳婦加了一句，「買了您就會曉得，不是浪費。」

「真正感到需要時，我是會買的。」李老先生說：「現在，我，你媽，都不十分覺得需要。」

兒子和媳婦都像已明白爸爸的心情，對電視機的事不再提了。但是，告別了父母，重新回到他們機關配住的宿舍，放孩子睡下，兩人在電視機前坐下來時，電視機的話題，很自然地上口了。

「爸爸、媽媽真奇怪！有錢又不去買電視機。」媳婦先開口。

「老人家，要出那麼多錢，大概心疼吧。」兒子隨便答了一句。

「爸和媽不都是喜歡看電視嗎？」

「是啊，常常到隔壁去看。」

「隔壁的人不會講什麼嗎？」

「大概不會吧，姓宋的，人不壞。」

「經常去看人家的，自己也不會不好意思？」

「自己沒有，會不好意思，也沒有辦法嘛！」

「有十萬元，六七千塊都捨不得花，那錢要留著做什麼？」

「老頭子，大概有他們的打算，我們年輕人，不會知道的。」

「哼！打算！打算！吝嗇，你不說！」

兒子肚量好，對他的妻的不屑的話並不加以評論，也像沒什麼感觸似的，他的兩眼直注在電視影幕上，彷彿他此刻所關心的只是電視節目，爸爸的電視機的問題，好像到此爲止，不再討論了。

這時候，電視節目中斷，廣告出現了，兒子突然想到什麼主意似地轉臉向他的妻：

「我們的儲蓄有多少？」

「八千元。」媳婦說，「你問做什麼？」

媳婦有一點緊張。這是自從兩年前買了那架電視機以後，每月三百五百地儉存起來，計劃買一架萬把塊錢的小電冰箱的。

「先給爸媽買一架電視機如何？」

「不要！」

「爲什麼？」

「有十萬元存款的人自己不買，要只有八千元儲蓄的人買來送他，那有這樣道理！」

「這種事情，不談道理。」兒子說，「他們買不下手，所以我們就買給他們，就是這麼一回事。」

「你眞的要買給他們嗎？」

「嗯。」兒子斷然的。「你不答應嗎？」

「如果是我的父母，我一定不答應，因爲是你的父母，又是你願意，我沒話講。」

就這樣，八千元的儲蓄，領出了六千多元購得一架十六吋的電視機，送到李老先生的家裏。

「老頭子也許很高興，」媳婦說：「我心裏可眞痛！」

「心疼，大家都會的。」兒子說。

「恐怕要再兩年才有辦法買電冰箱了。」

了。

「兩年就兩年，不常常想它的話，兩年並不長。」

兒子夫婦的這種討論，李老先生夫婦不曾聽到，那一架電視機，可使他們夫婦樂開

「哎！做夢都沒想到，這個窮兒子會這麼慷慨。」李老先生說。

「那個媳婦也肯，眞使我驚奇。」老伴兒說，「媳婦是他們家的財政部長呢！」

「公務員那樣微薄的薪水，能積存起那麼多的數目，眞有辦法！」

「能積存起來固然不錯，肯拿出，才偉大！」

把兒子、媳婦稱讚了一番之後，李老先生開始想起來了，他說：

「他買了電冰箱沒有？」

「還沒有吧？沒聽說嘛！」

「那錢，恐怕是他們積起來要買電冰箱的。」

「多半是。」

「我想替他們做一點什麼。」李老先生說。

「你想買電冰箱給他們？」

「如果你贊成，我是想這樣。」

電冰箱得費一萬元，是退休金的十分之一。李老先生的老伴兒似乎沒想到這些，馬

上說：

「是應該讓他們得到他們想要的東西。」

又一個星期日，兒子一家人大小回來的時候，做媽媽的，馬上興高采烈地問媳婦：

「你們買了電冰箱沒有？」

「還沒有。」

「告訴你們一個好消息，你們爸爸忽然心血來潮，決定用他退休金的一部分買一臺電冰箱給你們。」

「電冰箱並不十分需要，有沒有都無所謂的。」

媳婦一邊向母親說話，一邊卻用嘴角向丈夫瞟了一下，眼神裏透露出她內心萬分的驚喜。

「爸！電冰箱要一萬元呢！」兒子十分驚異地詰問起李老先生來了，「您把退休金化掉了，怎麼生活？」

李老先生笑了笑，想回答，還沒出口，媳婦先說了：

「你，怎麼問起這樣奇怪的問題來？爸爸媽媽的錢化光了，不能生活了，你做兒子的，就得孝養嘛，不是嗎？」

媳婦這話把兒子心中的憂慮一掃而空了，他無限輕鬆地說：

「妳有這樣的心理準備，那再好不過了！」

輕鬆歡喜的，何止是兒子一個？李老先生和他的老伴兒，更是笑得合不攏口。

「下月十二日定期存款到期，就可以領一部分出來，」母親說：「那天不要走，我們領了錢，就去買一臺電冰箱，送到你們那裏去，吃你們一餐，再回來。」

兒子看看媳婦，媳婦看看媽媽，媽媽看看爸爸，一種暖暖的看不見的流，一個傳過一個，並在他們的互相注視中交流，他們微笑著，兒子和媳婦想說什麼說不出來，李老先生和他的老伴兒，則儘管微笑，沒想說話。

——本篇原載於《聯合報》副刊，一九六七年四月二十四日出版。

小花貓

我住的宿舍，牆無洞、地無縫，本來沒有老鼠；只有天花板上經常叮叮咚咚。天花板密無孔，老鼠也下不來。最近，因爲做天花板的甘蔗板有一塊稍稍垂下來，有了一道縫兒，縫兒愈來愈大，學校裏管宿舍修繕的庶務先生，從不愛把人家的事當自己的事看，屢催不修，終於有一夜，掉下來一條老鼠，咬壞了收音機，不得已找來幾張厚紙板，把那一個洞堵住。這樣，固然再也不會有老鼠掉下來了，可是已經掉下來的，卻無法驅逐。白天，無聲無息，熄燈上床，就開始咬東西，亮了燈，爬下床，又逃逸無踪，找不到牠，也趕牠不出來。

「養一隻貓吧！」妻說。

「非養貓不可！」我說。

就在這樣迫切的需要，與熱切的要求下，我們有了一隻小花貓。

進門的時候，的確得到我們不凡的寵愛。黑白相雜的毛色固然可愛，有了牠，我們就可以高枕無憂，就可以除去那隻不知天高地厚的老鼠，這個令人開懷的希望，使我們更喜歡牠。

吃飯的時候，人還沒吃，就先餵牠吃，不像一般人家，去買一些魚頭、魚末給它吃。而是把我們吃的魚肉、豬肉夾給牠享用。

「等我們吃飽再餵牠，就可以了。」

「有魚骨頭給牠吃就夠了，魚肉何必給牠吃呢？」

妻子不滿似地向我牢騷。我不依，我說：

「我們需要牠們，不待牠好些怎麼行？」

妻笑笑。

「我看，你有一點像在討好牠呢！」她說，「如果小花貓知道你在討好牠，恐怕也會心裏暗笑吧？」

妻的話，使我的心往下一沈。

我是在討好牠，不會錯，在妻沒有指摘出來以前，我自己並沒有這種感覺，做著奉承的事，只以爲理所當然，心裏並沒有奉承的意識。被妻指摘出來之後，就像見不得人的事物，被挖掘出來，擧到自己的眼前一樣。

「你不高興了？」妻不肯放過我，「敢做，又不肯人講嗎？」

我沒應。不自覺地做著，並沒什麼，這樣自己察覺出來了，意識到了，不免有一點那個。

以後就再也不能那樣做了，只好飯後才餵牠，也不再給肉，只給骨頭了。

大概是小花貓來的第三天吧，那隻我們家唯一的老鼠，終於被小花貓捕獲了。牠的嘴緊緊地咬住老鼠，白色的鬍鬚，像鋼絲一般挺射出去，嗚嗚嗚嗚地發著勝利的呼聲。

正在為這事欣喜的時候，妻問我：

「現在，家裏沒有老鼠了，以後，你還會照樣喜歡貓嗎？」

這的確是個很實在的問題。家中沒有老鼠之後，貓的才能對我已無用處，貓的存在，已成多餘，只憑牠有過一次捕鼠之功，我會能像以前一樣喜歡牠嗎？

情理上，我是應該仍舊一樣喜歡牠的。而且，想到若有人需要自己的才能時，喜歡我、奉承我，等到我為他獻出我的才力、解決了他的問題、滿足了他的需要後，就改變了對我的態度，這是令人酸楚的事。我不喜歡被人這樣，也不喜歡自己對貓做出這樣的事。我決心要依舊同樣地對待小花貓。

「我會的。」我堅決地回答妻的話。

她笑笑，懷疑地說：

「再在屋裏拉屎，你才看看吧！」

拉屎，的確是夠討厭的。因爲我們裝有紗門、紗窗，貓自己無法進出，大小便牠不會說，自己又出不去，抓來的頭一夜，便在屋裏拉了一堆屎。貓屎的氣味實在難聞，掃掉了，還繞樑三日不去。

白天，我們放牠在外面，晚上我們才放牠入屋，牠也就在白天裏，把糞便拉在外頭。一直相安無事。

可是，有一夜，妻的話應驗了。小花貓就在我的書桌下的廢紙堆邊撒了一堆屎。臭得簡直像鼻子要中毒。掃掉了，書桌還不能坐，連坐在書房的任何角落，臭味還是一陣陣撲向鼻子。

「晚上還要讓牠進來嗎？」妻問我：「我看，就放在外面算了！」

「我也想這樣子。」我說。

晚上躺在床上，聽到小花貓在門外咪嗚咪嗚地叫得很厲害。

「聽牠的叫聲怪可憐的。」妻說。

「咎由自取！」我說。

「我們也夠小氣，」妻說，「只做了這麼一次使我們不能喜歡的事，我們就不能容忍牠。」

「剛抓來時，也在屋裏拉了屎，那時，我們就不會把牠留在外面，那時屋裏有老鼠，就不會過分責備牠，現在，老鼠沒有了，就不能容忍牠的臭氣了。」

「你會想到牠以前爲我們捕過老鼠，現在這樣對待牠，不大應該嗎？」

「可是，想到萬一又拉屎，就怕。」

「人對人不曉得有沒有這一類的事？」

「有吧，不會沒有的。」

談到這裏，一股悲涼的寒氣攫住了我們，我們於是不再談下去。人的心實在夠狠，冷酷得禁不住自己都要寒慄。

小花貓無論如何不喜歡被棄在外頭，牠要進屋來，牠要跟我們在一起。一夜的恐怖，使牠白天也不願待在外頭了。

妻打開門，要出去打水，小花貓便箭一般地射進屋裏。

「貓進來了！」

妻大聲拉警報。我馬上找到牠。提著牠的耳朵，丟出屋外去。

小花貓很會利用機會，聽到人的腳步聲進門去，牠就很快地跑到門口，門一開，牠就跑進來。但是，我們對牠毫不容情，一進來，我就捉著牠的耳朵，把牠抓出去。

「你這樣對待牠，牠要是有人性的話，一定會恨你。」妻說。

可是，很奇怪，儘管我對他很無情，而小花貓對我並不氣恨。當我開門出去，站在外面，欣賞景物時，牠總向我跑來，咪嗚咪嗚地輕聲叫著，在我的脚邊繞圈子。把頭、身子輕擦著我的脚。如果牠懂得氣恨，牠應該遠離我，遠離我的家，不告而去，永不再回來。

牠要是眞如此，也正是我們內心深處的希望。

然而，牠看來並不懂氣恨，牠不但不曾向我瞪眼，而且一味地對我表示牠的友好。好像在向我訴說，牠受到委屈，顯得可憐兮兮的。

不過，受牠一會兒的嬌纏，就不免對牠那種委曲奉承的態度產生厭惡。用脚把牠撂開去。

受到這樣無情的待遇，牠依然要投身過來。我只好離開牠，逃進屋裏。

心裏覺得牠應該更活潑些、潑辣些、雄壯些、勇武些，不應該是這種軟弱沒骨氣的樣子。可是，牠爲什麼會這樣子呢？固然是貓的本性如此，想來卻彷彿有什麼使然。

「放牠進來嗎？」妻問我。

「我不想放牠進來，我倒是不想養牠了。」我說。

——本篇原載於《中華日報》副刊，一九七四年九月十一日出版。

蠅

甲之一

我知道，當我一走進長長的巷子，在巷子口遊戲的孩子，一到我的視線看不到他們時，在我的背後，馬上停止遊戲，無言而莫名其妙地瞪著我。不要以爲我神經過敏，我確實感覺得淸淸楚楚，有的向玩伴呶嘴，有的眨眼示意，有的比手，……一羣小孩子，躡手躡脚，鬼鬼祟祟地跟在我後頭。他們遠遠的，不敢太靠近我。他們見了別的孩子，不論識與不識，好與不好，都有意神秘地招招手。看到這一羣小孩鬼鬼祟祟的樣子，大小孩也隨在他們後頭，有唸初中的，也有唸高中的，男的，女的，都有。他們像蒼蠅，黏得我緊緊的。但是，他們怕我發覺，像古代銜枚的戰士，輕移著脚步。

對我來說，這是一羣可厭的東西，但是，與我的利害，實在無多大關係，也就裝若不知。

待我走進了屋子，他們便一個個爬上窗戶，兩手扳著鐵格子，脚站在窗臺上，兩眼貼近下面算起第三張的，兩張毛玻璃上頭的光玻璃上，如同用望眼鏡或顯微鏡看東西一般聚精會神地向屋子裏窺望。佔不到窗戶邊的好位置的，就退而求其次，爬到不及人高的圍牆上，坐得舒舒服服地眺望。

我沒有使他們失望。就是因爲有了他們，使我屋子裏的蒼蠅，有了更大的形象，代表更多的意義，使我精神百倍，全力以赴，達到忘我之境。

到底我忘我到什麼樣子，我自己也不知道。好得很，有一面鏡子，照出了我。

我讀到一篇一個中學生，發表在青年刊物上的一段文章，一看就曉得，那老孫就是我，雖然我並不姓孫。

「老孫把公事包一丟，就到牆角拿起一支蒼蠅拍。蒼蠅拍一到手，體內的每一個細胞都像麵團發酵似地膨脹起來，活力隨著血流，一下子流灌全身，如同發現了守候了千萬年的不共戴天的仇敵，眼睛瞪圓了起來，血絲一條條地出現在眼膜上，咬牙切齒地使出九牛二虎之力，向桌上的一隻灰黑色大蒼蠅猛拍過去。

「不幸，沒中。——如果牠不動，自然是會死得血肉模糊的，由於牠的目力或人類所不知的，「雷達」性能強，就在拍子要壓下去的刹那，適時地飛了起來，從拍子邊緣搶了出去。

「明明會中的，卻不中，這一下可氣壞了老孫，一向要開哪一個的刀，狠狠一切，立中要害，刀沒而無形，不見血而命息，對付一隻蒼蠅，居然威風大殺，怎堪忍受？氣在心頭湧，火從眼裏冒，血在體中狂。

「蒼蠅逃過一關大刼難，深知此屋不可留，撞向明亮的窗戶，企圖逃脫。不料以爲是敞開之處，卻被玻璃擋住，差一點撞昏了過去。

「老孫以爲良機不可再，向窗戶猛奔過去。首先，嚇壞了窗外的小孩子，懷疑老孫是來對付他們了，一下子全跳下地來，有的一屁股跌坐在地板上；其次是驚住了老孫自己，還未瞄準蒼蠅，左脚踢到了沙發，痛得不得不停下撲蠅的工作，彎下腰去揉揉痛處。

「蒼蠅急忙震醒自己，乘此大亂的機會，轉身飛跑。

「老孫一抬眼皮，瞥見蒼蠅正向自己撲過來，渾身的力量，一下子運到右手，對準蒼蠅，把拍子猛揮過去。蒼蠅向上一竄，沒打著。用粗鐵絲彎折，套上塑膠管的蠅拍，卻彎成了七十度角，幾乎打到自己的手。

「老孫憤憤地把彎了的蠅拍扳直，很難得地冷靜下來。他心中有數，當攻擊的目標，已知道攻擊者的位置、方向與方法，而在奔逃、躲藏的時候，是撲殺不到的，不如等牠忘了危險，定下來時，冷不防，狠狠地施出一手，致牠一命。

「外面的小孩，有的從牆上下來，有的從窗口滑下，沒趣地走了。沒有耐性的小孩，不想再看下去了。因爲老孫太久太久沒有動靜了。他拿著拍子，兩手背在背後，轉著脖子，眼睛跟著蒼蠅轉。蒼蠅飛上飛下，飛左飛右，而且像驚慌未定，不敢停下來。

「終於被牠找到一個可以歇脚的位置了，牠停在天花板上。

「老孫心中一喜，可是，天花板太高了，夠不著。老孫搬了一張沙發，放在蒼蠅所在的天花板下，怕跌倒，又怕沙發壞掉，試著把脚放上扶手，試著用力，終於爬了上去。還是夠不著。下來，搬來一張折疊椅，放到沙發上，然後爬上了椅子。兩脚踏穩，使椅子在沙發的彈簧上靜定著，才小心地抬起頭來，看準蒼蠅所在，準備一下就結果牠。只是，要夠得著天花板，而且要使拍子下得有力，脚跟必須提起來。

「把脚跟一提，一用力，夸拉一聲，椅子受不住老孫身上的重量，折疊處的鐵門子軟了，墊屁股的板子脫落了，老孫滑跌了下來。

「哈哈哈哈！

「外面的小孩子，禁不住爆笑出聲。這一笑，也使他們驚慌了，一個個跳下來跑，有的沒看準就跳，折了脚，也怕落到最後，被老孫追出來抓到，不敢去摸，拐呀拐地跑走。」

我相信這位年輕的準作家，是一面很眞實的鏡子，至少他很眞實地寫出了我熱衷的程度。

乙之一

孩子們驚散了。散了就好。有他們黏著，我一身煩燥，他們遠了，倒給了我一份難得的寧靜。

我深深地坐在沙發上，半仰著身子，點上一支煙，開始想我的心事：

「從前，校長是他的老同鄉，好歹都是他幹主任，現在不同了，他的老同鄉已經調廳當專員了，專員有薪無權，新校長可不買他老同鄉的帳，到任時就想換了他的，只因新校長也沒有信得過、有魄力的親信，才暫時留著他，希望在校內或他校，能物色到一個能把訓導工作做好，使學校風氣徹底改變過來的新主任，……」

哼哼！

老黃！你存的什麼心？我沒有得罪過你，還給了你許多方便，說話，全沒顧我。

你也許沒想到，這話會傳入我的耳朵裏。

老張說，你有當訓導主任的野心。老張要我當心你。我聽了他的話，仍舊讓你當導師，不把訓育組長的職位給你。委屈了你，實在是給了你不少的方便。

高一，頂好的班級。從年級上看，也許你導師當得好，校長欣賞你，你就想推掉我，自己爬上來？

沒那麼容易。

有幾個班，導師沒有魄力，秩序亂糟糟，第二學期要改換老師。我會向校長說，你「好像」很能幹，把高三八，那問題最多的班交給你，高三很重要，需要能幹的導師，高一升高三，是提升你，沒有委屈你的意思。

擔任高三八的導師，你會當得好嗎？就是校長去當，也不能不出事情。

我還會經常特別注意你的班級，只要出幾件事情，你在校長心中的信任，也就完了。

你瞧著吧！

甲之二

我再也打不起往日的精神來打蒼蠅了。我忽然想：如果這蒼蠅，不是在我屋裏，而是在沒有人的田野、山間，牠們會挨打嗎？——自然，牠們不僅不會挨人拍，還能自由自在的生活。他誤入了不合於他生活的囚籠，牠才成了人家疾恨的對象。我想起小時候，和哥哥打架，爸爸責備我時，我說哥哥先打我，爸爸仍不以爲我對，爸爸說：卽使哥哥先打你，你也不能打他，要報告爸爸，由爸爸處理。我又想起在學校讀書的時候，老師說：你被打，沒還手，你沒錯，你要是還手，一樣處罰。從前有仇可以自己報，現在得訴之於法。

於是，一個疑問來了。

「我有權力拍打蒼蠅嗎？」

不能打，不能打，只要牠不妨害我的生存便罷。當蒼蠅停在紗門上，靜靜地歇著的時候，我輕輕地把紗門往外推，然後自裏面一趕，蒼蠅便飛到外面去了。

但是，要把屋子裏的蒼蠅趕出去，並不十分能隨心所欲，若打開門窗趕，恐怕裏面的還沒有趕出去，外面的卻先進來了。不能這樣做。要牠停在紗門，不驚動地推開，趕走牠的機會並不很多。因此，我的屋裏總是有蒼蠅。

在不容易趕，又非趕不可的情形下，我看到一隻蒼蠅，停在枱燈罩子的內面，停了三五秒鐘，又飛起來，在我的眼前嗡嗡兩遍，再停在燈罩的內面。過了三五秒鐘，又逗弄似地在我跟前盤旋二三匝。那嗡嗡之聲，與擾人心神的影子，使我無法不理會牠。

於是我搖了搖燈罩，想趕牠出來，一次不行，兩次也不行。剛才自動出來擾人的，現在要牠出來偏不出來。我火起來了，把燈罩從燈泡上拿掉，丟在桌子上，蒼蠅才飛了起來。

繞了幾圈，牠便停在窗玻璃上。要去拿蠅拍，怕牠又飛走，於是遊戲似地用一種新辦法來處理牠。順手拿了一張紙，我用十指壓下去，居然把蒼蠅壓蓋住了。避免被牠逃脫，我用十指壓住紙張的周圍，中間留下些許空間。我不想進一步做什麼，只想看看牠會怎麼樣。把人家的命，當遊戲。心裏儘管有這種嚴肅的，如同嚴寒的冬天凜冽的寒風與人的戰慄，仍然壓不住遊戲的一份輕鬆。

被壓住的蒼蠅，振翅飛起，但幾乎同時，翅膀就觸著了如同銅牆鐵壁的紙。沙啦沙啦，吱！吱——在翅膀和紙的碰觸停止後，傳出來一聲聲哀鳴。

飛了又飛，飛了又飛，終於無望，翅膀也碰痛了吧，身體也疲倦了吧，牠無法再飛了，牠並不停住不動，牠不能飛了，牠就用爬，先繞個圈子，沒有路可出，又忽然間一轉身，向後一竄，看看敵人的注意在牠前進的方向時，後方是否鬆懈，失敗了，又向斜裏奔去；不成，又再向上衝。

我的十個指頭暗暗用力，封住任何一個出路，冷冷地看著薄薄的紙的下面，一小團黑色動物——無告的生命掙扎。牠要求生，卻碰上了一種阻礙——一股不允許其求生的力量，勝過牠的能力千萬倍的可怕的勢力。

我想放了牠，可是，放了牠以後，在這夜裏，牠只會在桌上的枱燈罩裏沙啦沙啦地吵人，和在眼前嗡嗡地打旋，影響工作情緒。

放了牠，會困擾自己，要使自己清淨，唯有除去牠。把心一狠，手指向中擠，吱！吱！吱！嗶！在最後一聲慘叫後頭，跟著而來的是粉身碎骨的爆裂聲。

在這一場遊戲結束後，我倒沒有嘗受到遊戲的滿足，襲向胸口來的反而是無邊的落寞感。

——如果沒殺掉牠，牠會在燈罩上發出聲音，並偶而出來在眼前打旋，甚至停到手上來，固然如此，可是，牠的這種作爲，是否有意？牠是不是自己都不曉得打擾了我嗎？牠何以被我處死？牠本身不是一無所知，不明不白嗎？

這樣一想，我的心更軟了。

儘管心軟，被欺負得多了，報復的心理即使不表面化，也會藏在潛意識裏的；報復的心理，卽使不會以本來面目出現，也會隱藏在遊戲的面具下，或自己也不太明知地戴上遊戲的假面具。

不知不覺地，我在這個心境下，又做了一件事。

我發現兩隻蒼蠅停在洗澡間的沙窗上，我走過去，把玻璃窗一推，兩隻蒼蠅便被關在與紗窗中間的小小空間裏。

除非把窗戶打開，那兩隻蒼蠅是出不去也出不來了。看牠們要怎麼辦？

我帶著幾分喜悅地這麼想著。

第二天，我打開後門，跑到外面去看牠們，牠們好端端地活著，第三天，第四天，我都去看牠們一兩次，可是，不知從哪一天起，我因爲忙起來，而把牠們忘了。好多天好多天以後才想起來，一想起來，就馬上跑去看，牠們已沒有影踪了。

牠們是出去了呢？還是死了？仔細檢查，沒有可供牠們出去的縫隙。那麼，牠們是死了嗎？屍體又在哪兒？沒有影子。難道被螞蟻搬走了？

我這才恍然，是我置牠們於死地的。我把牠們拘限在那小小的境域中，會日晒，會風吹，會雨打的地方，置其生死於度外。如今想來，彷彿冷眼看其死，而情無動於衷。而牠們之所以到紗窗那邊去，只因爲那邊有光明，牠們是受光明所誘，想追求好的理想而不可得，終被折磨得魂歸西天。

愈想，心裏愈是發毛。我覺得自己也未免太過份了。從此，下了很大的決心，不計利害，再也不做這樣的事了。

乙之二

「校長與我既無同鄉之誼，又無同學之情，沒有同過事，沒有同過席，他不認識我，我不認識他，我還會不懂得好好兒做，贏取他的信任嗎？」

「你的態度是一回事，人家的心理又是另一回事。教務主任在考試時，別班不看，常常到高二七，你兒子那班去查，不是查你兒子，是有意對你。……」

「是啊，我跟他無冤無仇的，我兒子坐在窗邊，考試時書包就放在窗臺上，監考老師來了，手上看著的英文課本就往窗外一放，放在書包上。窗戶沒關，伸手可得。這也不能說企圖作弊呀。」

「他還知道你兒子的脾氣，受人誣賴，心裏受不住。硬是說他有意，逼得你兒子拍桌子，差一點動武。想要打教務主任，目無尊長、法紀，……」

「我兒子不會不知道爸爸的椅子難坐，他不會做出使我難堪的事，他完全是受逼迫才到這種地步。」

「人家要的，就是那結果，別的他們不管。動員月會上，校長特別提出報告，督學來校觀察，成績最低，問題最多的，就是訓導，這樣公開扯你的面皮，你還不知道什麼用意嗎？」

「難道他們敢？……」

「別只知道在家打蒼蠅了，你在家打蒼蠅，人家在學校，把你當蒼蠅打了，……」

丙

「老孫屋裏的蒼蠅一天比一天多起來了。讀書寫字問題還小，吃飯，就大傷腦筋。趕不勝趕，被釘過的，說什麼也不敢放到嘴巴裏去。爲了避免飯菜被釘，一手拿筷子，一手要不停地揮。這樣吃飯，不是滋味。

「天無絕人之路，老孫也不愧是聰明人，他把蚊帳掛起，躲在床上去用餐。這一來，蒼蠅問題就完全解決了。

「對他個人來說，問題是解決了，對自己以外的影響可大了。從前只以爲他奇，不凡，怪中還有所敬畏，現在，敬畏之念全失，目之爲怪而無用，本在凡人之上的，現在已降到凡人之下了。

「他自己的態度，行爲變了，而這變，不是他的本性，所以，變，在他心上是一種負荷。人家對他的態度，行爲也變了，人家的變，不是他所預期的，這意外，在他心上又是一種負荷。心情變，影響到態度行爲之變，態度、行爲之變，又轉而影響到心理，循環愈多，質量都愈重。」

這是我在醫院裏讀到的那個中學生準作家寫的又一篇文章的一段。

丁

「他自己辭掉了訓導主任的職務了。同事們十之八九都認定他心理變態，希望他求醫。但都不敢開口，難得有一位同事，想出一個妙法子，對他說，在家被蒼蠅煩苦，不如到醫院去住，沒有蒼蠅，清靜得很。

他居然輕易地接受了。

「有一天，同事們去看他，正是午膳時刻。到達病房門口，見他坐在榻上，左手端著飯碗，扒了一口飯，還沒咬，就用拿著筷子的右手一揮，氣急敗壞地叫著：

「『這是我的飯，是我的飯，不是你們的，不要來吃我的飯！』

「接著把被蒼蠅釘過的飯，一大團用筷子划到地上去。

「吃不到兩口，又有蒼蠅去釘他的飯菜，（這家保險醫院，實在不是衛生合格的醫院），這一下他可氣了，把飯放回到托盤上，把托盤端起來，狠狠地向牆角摔去，嘴裏嘀咕：

「『告訴你們，這是我的，不是你們的，你們偏偏要！全都給你們好了！』」

這是我在醫院裏，恢復清醒後，看到報上一個記者對我的事件的報導的一部分文字。

癸

我記得很清楚，是在住院後的第三天。

我偷偷地從醫院溜出來，去加油站買了三十公升的高級汽油，用塑膠桶裝著提回宿舍。

有人問我：買汽油幹什麼。我毫不思索地回答：上班擠車麻煩，我已經買了一輛一百CC的摩托車了。

沒有人懷疑我的話。

當晚，我沒有關門睡覺，所有的窗都打開，連紗門也全開著。

第二天天亮了，有同事看到了，一邊爲我關，一邊責問我：「唉呀，你幹嘛，門不關，連紗門也故意打開？」

「喂喂喂喂！」我一聽，在屋裏急得大叫，「不要你們多管閒事！你們不要管我，我要放蒼蠅進來，是我的事，不是你們的事！」

人家爲我關上了，我又去打開。

傍晚。

「你幹嘛？」

大家衝過來，想奪我手中的油桶，想把我拖出去。

他們的強橫態度，使我怒火中燒。當第一個人要靠近我時，我把所剩無幾的油桶，向他臉上擲去，轉身去轉動自動瓦斯爐的開關。

碰然一聲，全屋子都成了火海。

哇！——同事在火中慘叫。

我不知怎麼的，跳起來，從開著的門，摔到外面去，被送到醫院。

我在報上看到，當時走進我屋裏的，都燒死了。如果他們不像蒼蠅黏著我，他們也不會慘死。

我本來打算，聽聽屋子裏千千萬萬隻蒼蠅，被火燒了時，會發出多大的聲音來的，因爲他們的阻撓，心急，沒有聽到什麼聲音，這是一大憾事。

——本篇原載於《臺灣文藝》第七卷第二十六期，一九七〇年一月出版。

靈魂出竅

才起了床，拿著牙刷和牙杯到天井裏蹲下來，牙刷還沒進口，鄰居，也是小學同學的巫正浩的妻阿秀就從前門邊喊邊衝進來。

「林先生！林先生！正浩不曉得怎麼樣了！快過來替我看看！」

我看到她眼睛裏含著淚水，知道不是簡單的事，馬上丟下牙刷和牙杯就往外跑。

阿秀跑得比我還快，一邊緊追著我一邊報告：

「正浩在床上，叫不起來。像死了一般。」

我奔入正浩的臥室，掀開蚊帳。

正浩的腹部蓋著小被子，手脚筆直地伸著，就像他平常睡著的樣子。

「我叫他，搖他，都不會醒來。」阿秀在我身旁，焦急地說，「你叫他看看。」

「正浩！」我大聲叫。

沒有應。

「正浩！」我再叫。靠近些，也更大聲些。

還是沒有應。

陽光從窗口斜射到床上，房間很亮。正浩眼皮不張，交疊著上下睫毛，朦朧如在夢中。

我搖他的肩膀。

沒有半點反應。

我再搖，並用力些。

如同死人似的，令人心寒。

「如果死了，我怎麼辦？」

阿秀用袖子拭淚。我制止她：

「現在還不要哭。」

正浩的現象叫人奇怪。

他的表情，就像入睡的人，自然地閉著眼。嘴巴微微張著，有一點痴痴呆呆的樣子。臉色只是沈寂，不會死冷，不像死的樣子。我看過祖父的死，死相，不是這個樣子。不是已經完全失去知覺能力，只是酣睡著，對週邊的事物，暫時無所感覺的樣子。

適才搖他時，我手上的感覺是暖的。懷疑剛才的觸覺，再去抓抓他的手。不錯，是暖的，不是冷的。

把手放到他的鼻尖。

奇怪，沒有呼息。

再試一次，仔細感覺。

呼息完全停止。千眞萬確的。

不敢回頭看阿秀。我再把手掌壓在正浩的左胸。

心跳沒有了，完全停止。

死了嗎？

我在心中問著自己。有所懷疑，但不敢相信。

正浩的皮膚不冷，表情不像死。

說他死了嗎？顯然不完全是。說他活著嗎？顯然又像已死，只是未冷而已。

彎彎他的手和脚，因未冷的關係，並不硬，關節的彎折，一如常人。

「正浩！」

我雙手抓著他的肩膀，猛力搖撼，在他耳邊，聲嘶力竭地呼喊。

沒有用。一點反應都沒有。

「怎麼辦？你替我作主。」

阿秀淚流滿面。

「不要哭！」我說，「大概患了什麼病。我去叫醫生。你守著他。」

我騎上摩托車，以一小時六十五公里的高速，十分鐘內到達四公里外城裏的醫院。

醫生剛起床，同我一樣，還沒刷牙洗臉，就順我的無理要求，騎上摩托車趕到我們的村子。

阿秀坐在床沿上放聲哭著。害我以爲正浩已死。

正浩沒有半點變化，和我去叫醫生時樣子沒有任何改觀。

「大概有活命的希望。」醫生從皮包裏拿出針筒和針頭，顧自說：「身體還沒有冷。」

打下了一筒強心劑，另外又注射兩針。

「做人工呼吸試試看。」醫生說。

我趕快跳上床去，深怪自己的無知和不聰明。我兩脚跨著正浩的身體，跪著膝，舉放著他的雙手。醫生爲我數拍子。

連續做了十分鐘，沒有發生任何效果。醫生說：

「停一下！」

我依醫生的話停下了手。

醫生把嘴湊上正浩的嘴，以嘴對嘴的方法，做人工呼吸。

醫生的努力，也完全白費。

醫生把臉轉向阿秀：

「怎麼變成這樣子的？」

「他昨天工作到天黑，身體很疲倦，吃過飯，洗完澡上床時，我還聽到他的鼾聲很勻稱，沒想到早晨醒來，他竟變成這樣子！」

阿秀邊說邊拭淚。

「這個人沒有死。——我不曾碰到過這樣怪的。」醫生邊說邊掏出名片。「打三針，沒有半點反應，我沒有辦法，送他到臺大醫院去救救看。拿我的名片去找院長。他是我的老師，會給他想辦法。」

醫生在名片背後寫了幾句話，交給我說：「早一點送去，爭取時間要緊，怕發生意外。」

醫生走了。

「要怎麼辦？」

阿秀淚汪汪地望著我，她自己完全沒了主意。

我說：「我去叫車子！」

我再跨上摩托車，到城裏叫計程車。

計程車來了，想叫阿秀來抬正浩。又想女人無力，而且人沒死，是軟的，我一個人背就可以。

要把正浩扶起來背時，忽然想到，祖父斷氣後，躺在床上，腰部手掌插不進去，背部完全貼住床板的事。活人躺著，腰處背部並不著席，便把手插入正浩的腰處背下。手掌不費什麼力，沒什麼困難，就可以插進去。

和活人沒什麼兩樣。

我心中一陣歡喜，對著看我做動作的阿秀說：

「沒死，病而已！」

我高興之餘，一手抱脚，一手抱肩，使出渾身之力，把和我一樣體重的正浩抱進車子裏。

正浩的身子軟軟的，一點也不僵，但，怎麼動，都沒有知覺。

正浩之所以如此，只是爲了一條五六十公尺長的小路。而且不是只爲了他自己。

我們的村莊，在南端有一座廟宇，它的兩邊，向北伸展著兩排房子，一排房子有二三十戶長。後排到前排，路只有經過廟前廣場的一條。村中唯一的雜貨舖子是在前排最北端，後街的人要購買東西，必須繞過大廟，很不方便。

北端，其實也不是沒有路，是曲曲折折的田邊小徑，而且一邊又是一排斜伸出來的觀音竹，那是表示廟界的竹圍。大人小孩都不能昂首自由行走，要彎腰曲背，側著身子才能過去。下雨的時候，田裏有水的時候，這田塍就濕得會陷脚，不但不易行走，也會沾上一脚汚泥。

通常後街的人要到前街，都貪近，走這不好走的近路的多。

拓寬這條路是很重要的。曾有人提議過。要廢田開路，因是寡婦的田地，而且地又只有一分田，死也不肯，也沒有人敢強她。

把觀音竹挖掉，原有的竹圍所佔的地就可以成一條供兩人錯身而過的小路，竹圍可以移開二三尺，重新種過。

奇怪的是，幾十年來，從我祖父那代就曾徵求神的同意，直到我們這一代，不知問過多少次，就是得不到神的允許。不管誰去摔「杯」，都沒有「神杯」。

「三界爺（三官大帝）怎麼會這樣不同情祂的子民呢？」

「開一條小路，又有什麼關係呢？三界爺也未免太吝嗇了。分一點土地給村人用，又會怎樣？廟後的土地還很大啊！」

「神明，也不慷慨，怎會跟人一樣小心眼呢？」

村民們對神明頗多微辭。

儘管不平，儘管埋怨，村人對神明還是一樣敬奉。神沒有俯允，誰也不敢動祂的東西。

也有人爲神說話：「照理，神不會不答應才對，恐怕會破壞龍穴。若是如此，就怪不得神要計較了。」

嘗盡了行走不便之苦的正浩，終於下定決心，要開闢那一條路。

這種事，沒讀過書的人，是絕對不敢做的。他們知道冒犯神祇會有什麼結果。正浩是村子裏唯一讀到高中畢業的知識份子。他才膽敢去做這種事。

正浩把計劃告訴了妻。阿秀說：

「雖然你是爲公衆著想，不是爲私利，但是，這事大家都害怕不敢做，你還是去問問神好。」

正浩雖然不怕，心裏還是有一點放不平靜。同時爲了免除太太的憂慮，正浩特地到前街雜貨舖買了一大疊金紙和一束上等的香。平時不上廟的他，愼重其事的向廟裏供奉的所有的神——三界爺，三王公，觀音娘，媽祖娘，文昌爺，福德正神——都拜了三拜，在「金爐」焚化了金紙之後，把自己的計劃和所持的理由稟告衆神，要求允准。然後拿起那兩片新月形的木片，舉到頭前，摔在地上。得到的是兩片朝下的——陰筊。——不允。

再述說一遍，再擲。還是不允。

正浩有一點不信，同一種情形會連續出現。再述說一遍。再擲。

這回是兩片朝上的：笑筊。

明知不肯，還問什麼？——神在笑他的愚。

正浩心中不悅，不再說什麼，胡亂再擲，還是陰筊，一片朝上一片朝下的聖筊，偏不出現。

正浩回家向阿秀發牢騷：

「神爲什麼不肯答應？有什麼理由反對我的計劃？」

「神會有什麼理由，你怎麼知道？要叫祂讓出來，沒那麼容易，心煩也是無用的事。」阿秀說。

「神又不會說話，要是祂會說話，我眞想詰問祂：爲什麼那麼霸道，那麼自私！爲什麼不肯爲衆人的利益，放棄一點點毫不礙事的既得利益？」

「就是祂會說話，祂也不一定樂意告訴你眞話。祂要是對你說，那會破壞龍穴，你又能怎樣？說不定神擔心這次答應你，下次你又會要求更多，要把小路開成大路了。你要知道，神不肯答應，自然有祂的理由。這樣想不就好了嗎？用不著氣悶的。」

阿秀極力勸著，正浩還是不服：

「不肯爲村人的福利打算，不肯爲村人犧牲一點點小小的利益，這樣的神，供奉祂又有什麼意義？這樣的神，還能稱作神嗎？還有做神的資格嗎？」

「土地是祂的，要怎樣，權力在祂。你怎麼能這樣冒犯呢？是你自己沒有理由嘛！你憑什麼叫祂犧牲自己，答應你對祂不利的事？說不定眞的和龍穴有關，被你破壞了，祂就不靈了。」

正浩知道阿秀的話有片面的道理，但是，那道理不能使他心折。他更相信自己的看法絕不是一無是處。阿秀想平息正浩的憤怒，正浩可無法完全接受她的道理。

正浩一向對神的存在很懷疑。

村中幾十戶人家，沒有一人反對，廟產管理人也全無異議，只因得不到聖筊，只因神不允許，應該做的事不能做，這是正浩無論如何不能心服的事。

「人定勝天」，「衆怒難犯」，「衆之所趨，勢之所歸，雖有大力，莫之敢逆。」這樣的道理都不知道，這樣的神靈嗎？

正浩思來想去，認爲神的不贊成是毫無道理的。雖然阿秀說：「多一事不如少一事。」但是，並不是他個人需要那條路，而是村民大家都迫切需要那條路。

勸不住正浩，阿秀就改變方法，提出了困難：

「你自己一個人，你要怎麼去做？」

正浩並不打算一個人做。其實又何必做那樣不聰明的打算呢？有錢的出錢，有力的出力，是很簡單的事。

可是，實際做起來，並沒有想像的那麼容易。

正浩挨家挨戶去收取捐款。

頭一家就遭到了拒絕。

正浩不灰心、不氣餒，耐心地走完每家，一塊錢都沒有收到。

有的說：「正浩！神沒有答應的事，你敢做，我可不敢。」

有的說：「正浩！請你瞭解，我不是不肯出錢，是怕被神責罰。」

迷信！迷信！迷信！正浩從來沒有像此刻這樣痛恨過迷信。

本來正浩只是自己不信，而不反對人家迷信的，現在，他可不能忍受了。想開開村人茅塞的熱情，瀰漫胸腔。他要村人知道，神是不存在的，就是有，也是不反人性的。

他傾出所有的積蓄，請人來做。

不幸沒有人願意賺他的錢。沒有人敢向神挑戰。

正浩又托朋友，從外地請來幾個工人。外地工人，來到現場，看看情形，向看熱鬧的村民問明原因，也不敢工作，要了車資，再見走了。

「好吧！無知的人，全不敢做，就看我做吧！」

情勢逼得正浩意氣用事起來。

正浩是一個機關的職員。並沒有多少空閒，等不得星期天，正浩就開始動工了。每天下班後，做到天黑收工。星期天，就停停歇歇做一整天。

「正浩！你這樣做，我們是很喜歡的，不過，我想，你還是不要做好。」好心的婦人家上前去勸他。

「正浩！年輕人啊！聽老人言，不要做較好。人是鬥不過神的。」也有老人家勸阻他。

任何人的勸告，都不能改變正浩的主意，任何言語，都動搖不了正浩的決心。

「神啊！不要責罰他吧！他實在不是爲了自己，而是眞心爲大家好的。」看他不停止，也有人在背後爲他祈禱。

竹頭很難挖，但一叢又一叢，被軟脚蟹的正浩挖下來了。

一個星期又一個星期，正浩健康而快活地生活著，什麼事情也沒有發生。好像由於勞動，正浩反而更健壯起來；由於工作的日有進展，他活得更快活了。

「神也許不會責罰他，大概被他的愚誠感動了。」有人爲他高興。

「還不知道哪！神的忍耐還沒到限度。」有人懷著悲觀的想法。看著正浩所做的工作，看著他所開闢出來的路，村民在心中感激之餘，衷心希望他不至有禍，但又非常擔心逃不出神罰的厄難。

當差不多五十公尺長的路，即將完成時，正逢星期天，由於急著要見到完成，正浩那天工作得特別勤奮，也做得特別晚些，到月亮出來，才大功告成，歇手休息。

歇工後，洗過澡，覺得太疲倦了，還通行典禮似的，自己拿著手電筒，走到剛剛完成的新路，到雜貨舖子買了一瓶公賣局釀造的臺灣啤酒喝下去。

吃飽，坐一回，就上床睡下。不到五分鐘，就入睡了。

一夜沒有什麼不舒服。到天亮，就成了靈魂出了竅似的軀殼。

臺大醫院的院長，召集了內外科、神經科各方面的主任醫生來會診，想找出病因，整整忙了一天，完全徒然。

「查到病因沒有？」

「沒有！」

「沒有！」

院長和主任所交換的是如此令人失望的回答。醫師們的面孔都佈滿濃重的惶恐。這是任何書上都讀不到的病例。

「沒有死吧？」院長說。

「呼息、心臟、神經……全死了，可是，肉體沒死。」內科主任回答。

「死了？還是沒死？簡直沒有辦法下肯定的判斷。」外科主任說。

沒有一個醫師敢把他送到太平間，也沒有一個醫生知道該開什麼藥方。沒有護士來給他打針。在醫生們束手無策的情形下，被拋棄在急診室的一角，我和阿秀，守了一夜。

第二天，我到學校請了假，又到醫院去陪正浩和阿秀。

「院長剛才來，說他們沒辦法下藥，要我們載回家。」

阿秀一見我回來，就以睡眠不足的臉對著我，慘兮兮地對我報告，眼眶裏，淚珠瑩瑩滾動。

既然如此，只好雇車載他回家了。

「不要哭！」我安慰阿秀。「醫生不敢送太平間，表示沒有死，是活的，一定會清醒過來。」

有鄰人居然主張說：「要放在地上才好了。」

我不答應，阿秀也不肯，仍然讓正浩睡在他自己的床上。

我和阿秀守著他，鄰居都斷斷續續地來看他。

靜默、搖頭、輕喟，空氣沈滯得難受。

「阿秀！」年長的阿粉姐說，「醫生沒法就去求神看看吧！」

阿秀這才恍然大悟似地上廟去。

上香、燒金紙、禱告、祈求，做完回來，正浩依然沒有任何改變。

「叫阿秀來抽一支籤看看吧！」村中唯一的算命瞎子聽到了，吩咐人來同阿秀說。

只要能知道關於正浩現狀的任何什麼，什麼樣的事，阿秀都願意去做。

阿秀去算命瞎子那裏抽了一籤。算命瞎子說：

「觸神怒，生死不可預卜。」

不知道是籤上這麼說，還是瞎子已經知道正浩做的事情胡謅。

不管上廟、算命有無意義，讓阿秀忙這忙那，確實幫助她打發了不少悲哀難遣的時間。

挨到黃昏時分，正浩居然幽幽地甦醒過來了。鼻翼動了，睫毛動了，手指也動了。

還沒張開眼睛，就叫：

「阿秀！阿秀！我做了好奇怪的夢。」

彷彿天亮時醒過來一模一樣。

阿秀撲到正浩身上，摸他的臉，抓他的手，歡喜疼愛得不得了。把圍觀的人的眼淚都逼出來了。

正浩張開眼睛，看到床前站著一群人，詫異地問：

「怎麼？我有怎麼樣是嗎？」

「你病了。」我說。

「我沒有啊！」正浩訝然說，「我只是做了一場夢而已。」

「我們把你送去臺大醫院，你不知道嗎？」我告訴他。

「我不知道啊！」

正浩目瞪口呆。

他對我們爲他做的事，沒有半點意識。

「先不要管這些，現在沒事了，我們放心了，你就先說你做的怪夢給我們聽聽。」

我要求他。

他坐起來了。

半夜裏，有人來敲門，我起來，開了門。門外站著的是廟裏的順風耳。心裏正奇怪他怎麼會跑到我這兒來，他卻交給我一張紙。

是一張傳票。三界爺傳我去受審，時間是即刻。

我在看傳票時，一陣風貼地吹過，順風耳不見了。

我帶上門，又呼地一陣風，直向我身上撲來，我便到了三元宮了。

廟門沒關，大開著，我一到門口，就有聲音在堂上喊：

「犯人到！」

我心中一冷，渾身一陣皮寒。

張眼看看神殿，奇怪得很，神桌上坐著的，不再是木刻的神像，全是肉身的活神。

平生不做虧心事，半夜敲門心不驚。我自知沒有犯什麼罪，我就大著膽子走上去。

「跪下！」

滿臉紅紅、黑鬍子長長的三王公向我怒喝一聲。我看祂眼尾上吊，怒目而視，好怕人。我從來沒有看過這樣生氣的三王公。

懾於霸威，我只得心不甘情不願的跪下。

「等一下！」

我的膝蓋才碰到地面，一種極溫柔的女性的聲音傳來，尋聲望去，是觀音娘。她把拜神的跪墊推到我面前。

「婦人家，無用！」

坐在左邊的福德正神不屑地斥罵。

觀音娘沒有理會。

「把罪過自行道來！」

三界爺挺直背脊，肅然斥令。

「不要怕！」媽祖娘對我說。「有什麼話儘管說，照實說。」

觀音娘和媽祖娘的態度，彷彿給了我定心丸，在可怕的權威霸氣下，我總算沒有完全驚倒。

我吸了一口氣，鼓勇說：

「我爲的是公家，不爲自己，我獻身獻力，不爲私利，不知有什麼罪，請三界爺明示。」

「有過而不知過，可惡！」三王公的黑鬍子地震似地顫動。

「汝非不知禮教之無知之徒，明知而故犯，罪不可逭。」文昌爺冷肅地斥責。

「余乃知其不可爲而爲之者也。」我向文昌爺解釋，「知其不可爲而爲之者，不得已也。」

「諸位！面前小子，豈無罪乎？」三界爺似乎有所不滿，心裏認爲不能治我的罪，卻又不肯放我無罪的樣子。

「不能無罪！」白鬍子的福德正神說，「犯上，大逆不道也；犯神，大逆之大逆，不道之不道者也。好犯上不作亂者未之有也！敢犯神者，亂之首也。豈可不『罰而教之』？」

「他當初並沒有犯意，再三求請，你們不允，才不得已而為的，情有可原。」媽祖娘像我的辯護律師一般替我申辯。

「不可原諒！」三王公的面上，紅光迸射。「明知吾等不允，竟敢置吾等之神威於不顧，不重罰，往後如何維持吾等之尊嚴？百姓誰還相信吾等之神威？威嚴毫髮不可損，維護自己的神威要緊，不可動搖根本！」

「讀書人，不可不尊長幼尊卑之序，不可不敬天地神明。」文昌爺毫無感情地訓教。

「神威不可犯，宜重懲，以儆效尤，不可寬貸。」

「如此說來，該當死罪？」三界爺向衆神發問。

「不可！」觀音娘立即抗議，「神明之可敬，乃在體恤民情。民有苦患，求助於神，不予允諾，已失神格。即使有犯，亦非犯不當犯者。過不在民，過乃在在上之神。不知自我檢討，尚圖發淫威，非神所當為！宜自我猛省。」

「觀音娘之言誤矣！」三王公說，「神無不是。」

「然！」文昌爺點頭。「天下無不是的父母，況神也耶！」

「你們都錯了！」媽祖娘出聲雖溫和，氣勢凌厲。「神無不是，是理想，絕非事實。

人民希望神無不是，神就應該修養自己，做到神無不是。並不是心裏以爲神無不是，就可胡作非爲。神自己胡作非爲，有所不是，怎麼能責備百姓呢？在上者，不可厚顏無恥！」

「吾不直婦人之言！」文昌爺冷峻地反駁，「上無威權，教不能施於下。尊長敬上，千秋萬世不易。不敬者罪也。」

「各位！請想想吧！」觀音娘不滿文昌爺，忍不住發言，「身爲神，而不知愛護百姓，只知發權威以自滿，這樣的『敎』，可施於下嗎？天下之不得安寧，和這種有毒的思想，大有關連。」

文昌爺無言了。

「無論如何，任憑下民犯神，無『法力』訴予民知，香火將斷，廟宇將毀，後果不堪設想！」白鬍子福德正神怒容滿面。

「若聽婦人言，吃虧在眼前。」三王公鄙夷地說，「男人決之可也。」

「唉！唯女子與小人爲難養也，千萬年後亦不差也。」文昌爺慨然而嘆。

「文昌、三王二位所言固然，惟，時至今日，雖婦人之言，亦無法阻其不言。」三界爺也慨嘆。

「世風日下，無有過於此者矣！」白鬍子福德正神也是一聲嘆息。

「不知道互相尊重，不知道互相包容，只知道互相鄙視，互相敵對，這就是神權衰微的主因。」媽祖娘向土地公丟過一雙白眼。

「我看，男人的世界完全是惡霸，不通情理。沒有尊重女人，以女人來調和。逞威肆爲，世界將無和敬可言。」觀音娘冷靜地表示不滿。

「議論紛紛，無由統一。」三界爺說，「以投票決之，如何？」

「可！」

「可！」

「可！」

文昌爺、三王公、福德正神，三位立即贊同。

「不行！」

「不行！」

媽祖、觀音二娘堅決反對。

「二位思想開通，以近代民主方法表決，爲何反對？」三界爺摸不清女人心理。

「多數勝少數，民主立法，固然不錯。以多數壓制少數，則非民主。民主不民主，不在形式，乃在參加表決者的民主修養及良心認知。」媽祖娘道出了反對理由。

「汝之言對吾等爲不敬。」文昌爺說，「應致歉意。」

「請想想你們說過的話。事實如此，不是憑空亂說，有何失敬？」觀音娘提出反駁。

「如此議而不決，將何以處置？」三界爺沒有主意了。

「敢置神威於不顧，明知會沖犯神怒而敢不畏，惡性重大，三界爺不敢處罪，由我判決，處之死！」三王公凜凜然不顧一切。

「民犯神處死，汝犯上，當處何罪？」

觀音娘斥三王公。三王公瞪了觀音娘一眼。

「女人厲害！時代不同了。」三王公說。

「三界爺！我請教一句話。」觀音娘說，「我們要獎善罰惡，還是罰善獎惡？」

「當然獎善罰惡。」三界爺回答。

「那就請就事論事。」觀音娘冷靜地說，「巫民正浩所做的事，是善事還是惡事？」

「當然是善事。」三界爺說。

「雖然善，態度不可。」文昌爺表示意見。

「只問動機、目的，態度小事。」媽祖娘說。

「既爲善事，非但不可罰，還得獎勵。」觀音娘說，「如果你們怪他態度不佳，不獎也罷！反正不該再虐待他了。應即令他歸家。」

「把無罪的人喚來審訊，害他靈魂出竅之身，在家使妻子、鄰居憂慮，這種罪過，我不敢當。請三界爺趕快放他回去吧！」媽祖娘懇求了。

三界爺把木槌一敲。

「無罪開釋！」

正浩跪太久了，已站不起來。

觀音娘馬上前去，扶他起來，又爲他按摩跪痲了的脚，然後千里眼前來，護送他回家。

「有趣的夢吧！」正浩說完，向大家說。「很像是眞的事件呢！現在仍歷歷如在眼前。」

「你眞的做夢打開門出去的嗎？」阿秀驚異地提出問題。

「是啊！」正浩答得沒半點猶疑。

「昨天早晨我起來，看到你半死的樣子，要去叫林先生時，門是沒上閂的。我以爲昨夜忘了哪！」

「咚咚咚咚！」

外面有人在槌門。

「門開著的呀！誰關起來的？」阿秀驚疑地看著大家。

正浩說：「剛才我回來時上了閂的。」

正浩的話，使大家你看我，我看你，毛骨悚然。

「你睡了多久，你知道嗎？」我問他。

「一個晚上吧！」正浩說，「我只睡了一覺而已。」

「你看看牆上的日曆。」我指給他看。「星期幾了？」

「啊？兩天啦！」

「信不信？」

「不能信！」正浩搖頭。

「你眞的不知道自己到過臺北的醫院嗎？」我再問他。

「眞的不知道。」他毫不含糊地回答。

想了想，他又說：

「也許我眞的睡了兩天了。」

「怎麼說？」我急著想知道答案。

「我肚子餓得慌，從來沒有過像現在這麼餓！」正浩說。

——本篇原載於《臺灣文藝》，一九八八年。

電話

電話響了。

我拿起話筒，以爲是妻打電話來了。住在這山中小別墅，目的是爲了清靜，電話是一天難得響一回的。因爲除了妻和電信局，沒有第三者知道我的電話。

「喂！」

「喂！是汪先生嗎？」不是妻的聲音，是男的聲音，聽來好像只有二十多歲，未十分成熟的聲音。

「是的，有什麼事嗎？」

「請問，下午在不在家？」

「大概在，有什麼事嗎？」

「我要跟你討論你太太的問題，午餐後去拜訪你。」

未等我同意，電話就掛斷了。

是很有趣的電話，也是很沒趣的電話。

也許會有這麼一天，我內心是有準備的，但我也相信，不可能有這麼一天。

妻和我相差二十歲，但我們結婚已十年了，並不是我敢去追求她的。她漂亮、年輕，而我已邁入老年，我不敢想再享受艷福。我知道「艷福不是福」的話，起初我對她的感情是敬而遠之的。

她是我的學生，最初，我以爲她只是對國文有興趣，對寫作有憧憬，來討教的。漸漸的，我感覺，居然是一種愛情，我就對她的來訪開始祈禱，我沒信神，但我祈求所有的神，協助我，請她不要再來找我。可是，祈禱沒用，她三天來一次，變成兩天來一次，終於每天放學都來訪。

我沒有勇氣責備她，我也不敢拒絕她，我只好向學校提出退休的申請。雖然我還未墜入情網，她在課堂上的表現，以及每天到宿舍造訪，早已成了衆所皆知的新聞。

一天，我正欲開車出去兜兜風、散散心，她來了。

「要出去啊！」她眉飛色舞地說，「我也要去。」

「不大好。」我說。對載女弟子出遊，我還有所顧慮。

「我不管，我要去！」

我不敢傷她的心，我讓她上來了。

我沒問她想去哪裏，只依我自己的計劃，到海邊公路去跑一趟，看看海景。到天要黑了，我載她到她家附近。

她不下車，說：「載我到山上公園去。」

像命令似的，沒有我商量的餘地。

山上有一座公園，沒有什麼設施，我知道，並未去過。怎麼走，全聽她的。

到了一處林蔭小道，暮色掩至，本就稀疏的遊客，全都離去，她說：

「停一下！」

我把車停了，她閉上眼睛，說：

「我要你吻我！」

「不好。」我說。

「你不吻我，我就不下車。」

「不好！」我再說一遍。

「不吻我，我不回家。」

她閉著眼睛等著。

我注意看看她，她渾身緊張，微微痙攣著，臉部的肌肉也在抽動。她體內好像有一股熊熊的火，面頰漸漸被燒紅起來。她在自己引發的自焚的火中，除非有人澆熄她，不然會燒毀一切一般。是一座充滿熱情和痛苦交織的雕像。

沒有考慮後果，只想解決一時的問題。我吻了她。

她的熱情深深地打動了我，因喘不過氣四片唇分離後，我又再吻她，這是我第一次主動表示我也愛她。

她要我抱緊她，再吻她，她還說，要怎樣，隨便我。

我抽了一枝煙，把心情冷靜下來，讓她回家去了。

這是一個不好的開始，我必須為那一吻，對純潔的少女負起責任。但我仍祈求這責任不要落到我身上，因為她年輕、她漂亮，有很多差不多年齡的男孩會追求她。還有，她未成熟，思慮成熟些，她也許會改變主意。

可是，要來的，是阻擋不了的，她說，她不喜歡青澀，她愛成熟，她不欣賞浮盪不定的熱情，她嚮往穩重和安定。

我還有一道自衛的防線，我不主動向她約會，也不主動向她求婚。如果她提出結婚的要求，我要她，父母若反對，要她自己解決，我不去遊說。

這一關，不是容易通過的，即使通過了，我還有一關，一個苛刻的條件：不准有孩子。

我不是自己好就會快樂的人，我對自己能給她多少年幸福，能給她多少幸福，沒有多大把握，我不要她在我去後，已誤了青春，後半輩子沒人照顧。爲了這個考慮，我必須持續的消極抵抗，嚴守不主動出擊的原則。

要來的，是擋不住的。這麼多、這麼大的難關，她任勞任怨，自己解決了，對我的袖手旁觀，居然沒有怨言，她還對我說：「這事你不能出面，你出面會招來反效果。」其實，我很害怕她父親誤以爲我以教師身分之便，拐誘她，雇人找我算帳。所以我寫了一封信給她爸爸，請他阻止這一件事，但請他不要把信的事告知女兒，以免傷她的心。

她的父母沒有守信，把我的信交給了女兒，她居然沒有爲此事生氣，跑來告訴我說：「我知道，你是爲我好的，才寫那封信，你這樣做，把你的身分維護得很好，我就喜歡你是個有原則，不是不擇手段的人。」

愛情是可怕的，什麼事都往好的方面想，其實我是衷心希望，那封信能達到阻止的目的。

在這段期間，她表現得更積極、更熱情，有時，居然在我家住下來了，和我的子女打成一片，因爲她們的年齡不相上下。

老實說，由於年齡的差距，我有一點害怕，這樣熱烈的愛情，不知如何消受。

害怕也沒用，要來的，終於來了。她爸爸說，瞭解我的爲人，也不苛求聘金，她順順利利戴上白紗，走入洞房。她的喜悅，是我這一輩子所欣賞到的最高、最大的快樂。

大家都知道，愛情是一回事，生活又是另一回事，尤其是年輕人，愛情並不能保證生活的幸福。

在甜蜜的蜜月期間過了之後，第一個問題來了，是心理的平衡問題。她認爲兩人的結合，是她愛我，並不是我愛她。這是多傻的念頭，她卻堅信如此。這使她矮了一截，心理不能平衡。

其實，在我這老朽之年，仍能得到二十歲年輕小姐的感情，正如一般吃不到葡萄說葡萄酸的人所說的「老牛吃嫩草」，我是感覺自己何等幸福！和她走在一起，都怕別人認爲搶走了他們的一個理想的婚姻對象而對我不滿。每一次擁著她，都不知道是哪一輩子修來的福，會有這麼大的幸福，心中充滿了感謝和幸福。

我說，她的愛很熱烈、很深刻，但是，和我愛她的愛相比，那不知差多遠！可是，她不信這話。以前我這個「老師」，說什麼她都點頭，都敬佩的，現在我這個丈夫說的，她卻懷疑了。她還說，現在不是她的老師了。

連「性」的問題，她也認爲，她要，我才順從她的，使她有一種羞恥感。唉！這是多可怕的錯誤！其實，關於這個問題，我是能節制就該節制的事兒，唯有節制，才能給她更長遠的幸福。她也不是喜歡耽於肉體歡樂的女人，她的精神之愛，勝過肉體。況且，如果我需要，她並不需要，不但不能享受到應有的歡樂，也變成了一種浪費。因此，性的問題，我感覺到她有火在體內燃燒，才主動出擊。

這本來是很好的調適辦法，可是她卻抱怨，是我看到她需要，才施捨的。為了她心理的平衡，我放棄了保守，改變過分珍惜的作風，時而用熱情挑起她的興趣，征服她的肉體，這種心理的不平衡才改善過來，而由她主動要求我節制了。

這個困難的心結解開了，更難的問題來了，是生活習慣的問題。不是由年齡的差異，是純粹習慣的問題。第一，床，是個休息、寬鬆自己，使自己舒適的地方。我的床一向是乾淨、整齊，沒有睡以外的雜物的地方。她喜歡在牆上亂掛衣服，在床上亂丟襪子，不摺被子，不拉平床單，臥室，就像雜物間一樣，除了她的人給我的快樂之外，彷彿身處雜物堆中。才二十歲的她，就喜歡用牙籤，而且用到哪裏丟到哪裏，不但茶几、梳粧臺、洗手臺有，連沙發上、床上都有。打電話，常常打，而且一打就半個小時、一個小時，講話的聲音不但影響我看書寫東西，也使朋友打不進來，不時抱怨。

這些，都可以因為她年輕、漂亮、愛我而忍受，訓練修養，不予計較，最糟糕的是，喜歡把她自己的喜歡加到我身上來。她要整理我的書桌和書，還告訴我什麼東西應放哪裏，應怎麼擺才好等等，弄得我經常要找東西，而且不易找到。

雖然她很需要我陪她，但也有不少喜歡自己去做，不要我干涉的事，爲了這種事，她怕我心情不好，常出現坐立不安的情緒。我畢竟年紀大了、閱歷多了，就慫恿她出去辦自己的事。她回來，有時告訴我一些事，有時則緘口不提。我雖然很想知道，但她不提，也就不爲難她，只是蒙在鼓裏，就很不是滋味。雖然不相信才沒幾個月，就演紅杏出牆，心中總是不大好受。

雖然和孩子們還處得來，趁大男孩娶媳婦，我就買了一間山中小別墅。因爲退休了，想過清靜的生活，寫寫東西。但是，她嫌屋子太小，更不愛冷清，她喜歡熱鬧，再加上有一天她擔心地提到，萬一我不長壽，她生活沒有保障，就在都市裏買了一間房子給她，開始兩邊住，有時住都市，有時住山中。

我是儘量瞭解她、順應她，使她能夠快樂爲主，可以說，只要她快樂，就是我的幸福。也可以說，恐怕連她父母在內，都沒有像我這樣用心去瞭解她的人，當然不會有一個比我更瞭解她的人。我有自信是比她自己更瞭解她的。我說到她的心境時，她又只有把我當老師，只有點頭、欽佩的分了。

她漸漸地把都市的房子當作她的家，把山中的小別墅視爲我的安樂窩。雖然好像分居，但是，我認爲，保持懷念，沒有生活瑣事的摩擦，才能維持愛情的甜蜜。

分居雖然會孤單，但是，我知道，她喜歡獨來獨往，不受干涉，她會有必要的滿足。

然而，在獨來獨往的辦完了心中想做的事，會想投入愛人的懷裏，享受忘我的溫存，女人的幸福。這時候，如果相愛的人不再身邊，會一下子跌入落寞淒涼中去。

我早知道會有這種情形，早就吩咐她，打一通電話過來，馬上前去。開車只要半小時，並不遠，我也會在白天或晚上，打電話過去，探探她的心境。

避免讓她覺得她要我去我才去，所以，有時我很需要她時，我也叫她到山中來。只是，她每次到山中來，都好像作客一般，不能自在，心中好像掛念都市的事，好像服從我的命令，掩不住有一點委屈，我看出來了，我就不再叫她到山中來了。

我不再主動叫她到山中來了，她又說，她沒有盡到做妻子的責任，因此，她有時也來打掃房子，帶一點菜來，作飯給我吃。

雖然形同分居，我們一天兩天就見面，我一整個白天工作下來，入夜已有些疲倦，我就會到她那兒吃晚餐，或在飯後去找她。

她有一通電話隨時會去的安定感，也怕生活瑣事發生衝突的心理傷害，因此，也很滿意這種生活。多年來她已相信，我對她的愛是全心全意的，是太太至上的，她也相信我不會拈花惹草，要照顧她的幸福，不會讓任何別的女人有機會進入我心中的隱居別墅。

在這樣的瞭解下，她自認是個擁有深厚的愛情的女人，又是個自立自主、很自由，沒有拘束的女人。她所享有的幸福，絕不是別的女人所能享有的。

依我的瞭解，她對我並沒有什麼不滿，即使有所不滿，那也是對自己個性需要的不滿，而需要的滿足，則完全把那些微不滿淹沒了。她常常說：你怎麼這麼厲害，我表情一變，你就知道，而且能看透我的心。很奇怪，大概是太愛她了，她表情不對，馬上會感覺出來；大概是太瞭解她了，猜她心中所想都很準。這種關心、體貼、瞭解，是沒有別人能做得到的，這種幸福，是沒有第二個人能給予她的。

她才三十出頭，由於愛的滿足，風韻特異，別的歷盡生活滄桑的女人，都沒法兒和她相比，更看不出她是上了三十的少婦。會招來狂蜂浪蝶，這是難免的，但是，我不相信她會有另結新歡的意思。

如果有這意思，只有一個原因，怕等到我死時，她已老了，想趁還年輕，還有人愛時，去擁抱可做爲終生依憑的棲木。

即使這個理由，也不太可能發生，因爲她經常說：「你年紀這麼大，我爲什麼糊裏糊塗愛上你，又死心塌地愛著你呢？我一定是上帝派來服侍你老年的愛的天使。你的前妻沒有盡完責任，就逃避了，上帝可憐你，這麼好的人，沒有人跟你做伴，沒有人照顧是太沒道理了，所以，上帝才派我這小天使下凡來。讓世人知道，你有令人羨慕的幸福，是有原因的，到我臉皮皺了，你嫌我醜了，我也會照顧你。」

雖然，口說無憑，契約也可以不履行的，但是，在我看來，她的使命感和她的愛情比起來，強度並沒有什麼差別。

不過，如果我的判斷錯了，她眞的有另覓他棲的意思，我也會成全她的。那樣，對她長遠的將來也許好些，我也不會有後顧之憂。當然，這種打擊是難以承受的，特別是我這種人，要有愛情，生命才有意義；要有愛情，生活才有樂趣的人。不過，爲了她，我還是會堅強，不能因爲我的不智，帶給她終生的內疚和遺憾。

我決定以平常心，淡然地聽取來訪者的話，只要他是眞誠的，我準備接受他的建議，不給他任何的爲難。

午飯後，電話又響了。

「有沒有人打電話給你？」是妻很緊張、很慌張的聲音。

「有。」我很平靜。

「是不是說要談我的事？」妻的話很急迫。

「是啊。」我還是很平靜。

「我馬上過去，等我。」

她把電話掛了。

三十分鐘後，她來了，沒按鈴，把門一推，就像闖入者一樣撞進來了。

「他有沒有來?」她是滿臉的緊張。

「還沒有。」我說。

「你坐下，聽我說。」

她拉我在沙發上坐下，把將近六十公斤的身子，坐到我腿上，慌急地說：

「他對你說什麼，你都不要相信，都不是眞的。是他單戀，一直糾纏我，我不想說我不愛他，不要打擊他的自尊，我才推說：你肯點頭就可以。他要我告訴他電話號碼，我想他不敢，即使敢，你也不會答應，他就會死了這條心……。」

我說：「如果我答應他，你會不高興嗎?」

「你答應他沒有?告訴我!」她的眼睛突出來了，眼球都像要跳出來的樣子。

「他還沒有來。」我說。

「他不會來了!」她這才舒了一口氣，「他打電話給我，說他跟你約好，下午要見面。我什麼都不管了，把他痛罵一頓。他不會來了!」

「我在等他，」我說：「我很想看看他呢!」

「不要開玩笑!吻我!」

她把頭低下來了，她像第一次在山上公園的林蔭小道上相吻時一樣熱烈，所不同的是，眼淚滴落到我的臉上了。

「原諒我，給你惹來麻煩，你原諒我嗎？」

我再一次把她抱緊，吻了她。

她忽然自己先放開了，說：「現在，要我嗎？」

「要。我不知道有沒有辦法。」我說。

「我知道你會有辦法的。」她站起來，也拉我起來，「來！我要融在你懷裏，心裏才會開朗，才會踏實。」

我說：「看樣子，我不必再想，有一天，妳會怎麼樣了！」

我把她拉過來，再一次吻她。

「把我抱上去！」她說。兩手吊住我的脖子。

——本篇原載於《臺灣時報》副刊，一九八七年十一月三十、三十一日出版。

最「尖端」的精神病

甲

比妻晚到家，是我們下班生活的慣例。打開門，沒有看到妻，沒有感覺妻在家。屋子裏，如同沒有人，靜悄悄的。

我推開孩子的房門。兩個都在。但是，五年級的大男孩，看到我進去，馬上大人似的把食指舉在嘴前。三年級的女兒，無聲地流著眼淚。

我上前去，把女兒的頭攬在胸前，拍拍她的肩膀，撫平她的委屈。

然後，我悄悄問男孩，是怎麼一回事。男孩壓低聲音，以隔著一個洗手間那邊的人，絕對聽不到的細微的聲音對我說：

妹妹看到媽媽回來了，很高興，大聲叫：「啊！媽媽回來了！我有一題數學不會。

媽媽來教我！」媽媽就罵她笨蛋，又說不會給她安靜，總是吵個不停。

兩個小孩都有所害怕，有所顧忌。照理，女兒該哇地一聲放聲大哭，把所有的委屈，都一下子傾洩乾淨，男孩應該露出微笑，表現出心中的快活，卻怕因而刺激母親，引發不可想像的風暴，強忍著。這種世故，不是他們這樣小小的年紀該有的，也不是像他這麼小小的年紀的同伴所會的。

我教了女兒那題不會的數學，問他們，晚餐之前，能不能把老師出的功課做完。他們都以點頭代替嘴巴。

走出孩子們的房間，我走向臥室。妻的高跟鞋，是她躺下再甩在地上的，她和衣躺著。

「累嗎？」我問她。

「沒有。」她說。

「心情不快樂？」

「是的。」

「什麼原因？能告訴我嗎？」

「不能。」

「爲什麼？」

「因爲，我不知道原因。」

「要找出原因來，才有辦法消除它啊。」

妻斜睨了我一眼，好像表示我的話是無聊，難道她會不知道，要我教她？她的不屑的樣子，使我沈默了。

但她伸出手來，輕握我站在床前垂著的手，幽幽的說。

「你是不是想罵我？」

「罵你什麼？」

「我今天在學校裏，過得很好，我都很愉快；可是，一踏進家門，我也知道小女兒很高興，但是，被她一叫，我就爆發了，我不知道爲什麼。」

「我想，你有必要找個醫生談談。」

「也許。」妻同意似地說，「我躺在這裏，急切地等你回來，以爲你回來了，一切便會好過來。可是，現在你回來了，我還是不能快樂。我一定是病了。」

「我相信，你想快樂起來，我相信你也知道，我們都希望你像從前那樣快樂。所以，我來給你找個醫生，你趕快找一天去看看他。」

乙

醫生聽完了妻的陳述，在妻還未回家，還未跟我連絡，就先打電話給我。

醫生說，我太太患的是最「尖端」的精神病。他似乎很驚異，也掩不住驚惶失措。他說，這是他所發現的第一個病例，恐怕也是世界第一個病例。

這種話，把我也給弄得緊張萬分，以爲得了不可救治的新絕症！我急迫要求他把我太太所陳述的要點，盡量圓滿地告訴我。

我太太說，她是一個很負責的教師，她怕誤人子弟，她要把每一個學生教好，她徹底的準備教材，還構思講授的方法，考慮教學的效果。上了講臺，竭盡自我的能力，把課教好，不但使學生瞭解，還設法使他們產生興趣。她也注意觀察學生，接觸學生、瞭解他們，給他們最好的開導，最好的建議和指引。總結一句話，她是個負責盡責的教師，她要把教師這個身分扮演好，爲了扮好教師這個身分，她是全心全力地投入。就是因爲這樣，她比任何一個同仁都做得好，她也很滿意自己的精神、自己的努力，更欣賞自己的成績。她是個比誰都快樂的教師。

這樣很好啊！這也是我做丈夫的光榮，不是嗎？

醫生說，問題就出在這裏。因爲，在上班的時間中，她沒有「自我」，完全沒有，她不是一個「個體」，爲了達成她的社會工作，爲了完成她的社會責任，她這「個體」不敢有絲毫「自我」的打算。因此，在下班以後，她在心理上，要求得到完全的「自我」，她相信，能有完全的自我，她才能夠得到下班後的眞正的快樂。

醫生說，自我，只是一種「似存在而不存在」的東西，或者說是「時而存在時而不存在的東西」，要絕對的自我，是辦不到的；可是，你太太卻有這種願望，而且強烈得叫人驚異。

醫生說：「老實說，我雖然給了她一些心理的治療，但我不知道，那方法有效沒效，也不知道，這樣治療對不對。因爲這是世界第一個病例，太尖端了，沒有前例，沒有經驗，也還沒有人研究。所以，我不能不老實告訴你，對你太太的治療，我不怕你笑我無能，我實在沒有把握，所以，我要請你自己也想辦法試試。」

這是棘手的問題，但我不害怕，也不憂慮。身體的疾病，我是完全束手無策；心理的問題，誰也可以想些辦法出來，當蒙古大夫的。

丙

心理的作用，使得下班後，要作飯給丈夫、子女吃，已成了妻很大的負擔。這種犧牲「自我」的情形，使她很痛苦。因此，下班回到家，她常坐著看報，躺著養神，不肯下廚房。

到外面吃，也不是好辦法了。以前一說到要吃館子，孩子們就像中了彩券一般雀躍歡喜；可是，在母親繃緊面孔，話都不開口的情形下，吃館子，也是一種不愉快的事。

我偷偷地和孩子們商量，合作來做做能使媽媽恢復愉快的方法。

放學、下班回到家，我們都不招呼她，讓她充分的享受自我，我們也不關心她，努力不打擾她的自我。

我一回到家，男孩洗米煮飯，女兒揀菜。我把早餐的碗筷洗好，就開始燒菜。一切妥當了，兒子端菜，女兒盛飯，我解下圍裙，去請她一同吃飯。

飯後，男孩收菜，女孩擦桌，我又洗碗。

我們都做得很快樂，不時互相凝視，迸出笑聲。飯後，我們各做各的事，儘量不打擾別人。

我不知道，這樣，她會有什麼感覺，我只想滿足她「自我」的要求。

睡覺的時候，我問她：

「我們，要一起睡呢？還是你我，兩個自我，各自睡呢？」

「聽便！」她說。

我實在不忍心對她冷酷無情，所以，她躺下來時，我把手伸過去，她也握住了我的手。但是，並沒有任何熱情。

一會兒，她冷冷的說：

「你們很笨。」

「怎麼說？」我問她。

「為什麼不把我看做家庭的一份子呢？」

「可是，你在家庭，不是不願做個個體，而要求自我嗎？我們只是要讓你享受自我，滿足自我的享受啊！」

「你們也許要使我快樂，可是，我還是不快樂。」

我啞然、訝然，一時不知該怎麼說。

「我看，你們是一群笨牛。在享受笨人的快樂。」

她這話罵得我喜歡，並沒有引動我的火氣，因為對這話，我有話說了：

「我們是一群笨牛，一點也不錯。我回到家，要看到太太、兩個孩子，我的心才能放穩，若有一個沒看到，心就不落實，像吊在半空中，被風吹得搖來晃去。還要看到太太快樂，子女快樂，我才會快樂。有一個不快樂，我就為他奉獻我的學問、能力、感情，解決他的問題，使他快樂，這樣，我就輕鬆快樂。………」

「你這樣，完全是家庭中的個體，沒有半點自我。這是沒有思想，所以我說你們笨！」

我反駁她：「剛才你罵我笨，我承認，現在你說我笨，我不能同意了。因爲我是家庭中的一個個體，我不是獨立的全體，我只是一個個體，因此，別的個體的不快樂，使全體都會感受到那不快樂的氣氛，我的個體受全體或別的個體的影響而不快樂時，我即使放棄我做爲個體的任務，我的自我，還是不快樂。如果我犧牲自我，做一個良好的個體，到全體圓滑地運轉的時候，我的自我也就很快樂了。」

我很得意自己所說的這一段話，微笑地看看她，看她要怎麼說。不料，她仍然沒有稱讚，還是不欣賞。

「在我看，還是笨牛一條。不要總是罵你笨牛好了，借徐志摩的話，你是『童騃性的樂觀主義者。』還是脫不了『呆』字。你不會瞭解我的。」

我抗議：「你沒有瞭解我的意思。」

她說：「我了解你的意思，就像你一樣呆了。」

我說：「我也不能了解你的心理。如果我了解你的心理，就像你一樣不快樂了。」

「就是因爲你不瞭解我，我才不得不告訴你，」她鄭重其事地說，「你不能再策動孩子們再對我像今天這麼做。」

「這個我知道。再做下去，會把你逼瘋的。」

我側轉身，摟住她，吻了一下她的唇，說：

「我們，是一對夫妻，我們抱在一起，不分你我，但是，我不能替你睡，你也不能代我睡，我們還是各睡各的。」

我輕輕地撫著她的背，她順從地做我的妻，沒有強調自我，像小鳥似的依偎在我胸前，睡過去了。聽到她的鼾聲，我無聲地對「我們」兩個人說：

「有我這樣的愛，你不會精神崩潰的。」

丁

我打電話給醫生，報告我們家昨天做的治療方法。醫生很驚異，很緊張。命令我絕對不可再有第二次的治療方法。

我請他給我治療的建議，他說他還沒有想出來，要我等待幾天。

我可不能等。我還是要進行我的治療工作。

下班回到家，我馬上吩咐：

「今天和昨天一樣，大家分工合作，不同的是，媽媽也要參加了。」

「萬歲！萬歲！」兩個孩子禁不住歡呼。

「洗碗還是爸爸做，洗米煮飯，還是小獻做，揀菜洗菜，還是小芬做，只是，作菜，我們要恭請媽媽來做。」

妻笑嘻嘻地從臥房走出來了。

這一頓飯，吃得很愉快。

飯後，我早已設想好一個餘興節目。我拿出一個三十塊錢買的放大鏡。

「這是魔鏡。」我說。

「能看到什麼？」小女兒馬上引起狂熱的興趣。

「能看到人家的心。」

「你先看我的心！」小女兒說。

「好！」

我說著，把放大鏡舉到小女兒胸前。

「我看到你的心了。」我說。

「我的心怎樣？」小女兒十分認眞。

我把白黑板拿出來。

「我畫出來給你看。」

我畫了一個心臟，分成四份，一份寫上「爸」，一份寫上「媽」，一份寫上「哥」，另一份寫上「我」。

「對！對！對！」小女兒看了，很敬佩的叫著，「就是這樣，就是這樣！」

我又把放大鏡放到男孩胸口，他說：

「我的也一樣，對不對？」

我說：「對！完全一樣。」

「你們猜，爸爸的心是怎樣的？」

妻突然開口，使我大吃一驚。這一驚，非同小可。

小男孩說：「跟我們一樣。」

小女孩說：「比較大。」

我說：「沒有猜對。」

小男孩又說：「媽媽佔去一半，我們兩個小孩佔一半。」

「對！」小女兒說。

小男孩又說：「那爸爸沒有自己了。」

「對！」妻又說了，「你爸爸是沒有自己的。」

「不曉得媽媽肯不肯說，她的心是怎樣的。」我怯怯地試探。

「好。」妻說，「我可以告訴你們，但，不是用說的，也不是用畫的，我要用做的。」

大家都屏息靜氣，鴉雀無聲。沒有人敢像剛才那樣搶著亂說了。

妻到房間去了，從房間裏面向我們吩咐：

「要耐心等呵，我會給你們驚奇的。」

我們你看我我看你，閉緊嘴唇，窮做鬼臉，又強忍住，不敢笑出來。

妻出來了，她把紙摺的東西，用圖釘釘在一塊小木板上。

她像老師一樣，右手舉著那小木板，我們看到的是：全部熱情的紅色。

「這是媽媽上班教書時候的心，是整個的，沒有分。」她這樣說明。

然後，她左手向旁推開上面的那一張，出現的是跟爸爸一樣的，但比例不一樣，爸爸、兩個小孩，各佔三分之一，顏色是金黃色，很溫暖的顏色。

我首先拍手，兩個孩子也跟著熱烈鼓掌。

下面好像還有，我也不知道下一張會是什麼。兩個孩子更是好奇，兩眼炯炯地注視著，迫切地想知道下一個秘密。

妻環視一下我們三個，然後神秘地一笑，把溫暖的心推開了。

我們三人都呆了，沒有人叫，沒有人出聲。

因爲出現在眼前的是，全面的灰色。

妻彷彿是已料到大家的反應，有意抒解我們的緊張似的，嫣然一笑，露出很得意的神情，向學生講解似地說：

「這是媽的心，完全被自我征服的時候。」

「我不要這個。」小女兒說：「哥！爸！我們來征服媽媽，變成黃色的那一種。」

「你要先問媽，高興不高興做我們的俘虜啊！」我說。

「媽當然願意。」男孩自以為是地回答。

妻上前去，雙手抱住兒子的頭，然後又伸出手去撫摸女兒。

戊

為了小心，我請醫生打電話給妻，問她要不要再找他談談。

妻的回答是：不必了！我先生似乎比你還要高明。我已經很好了。

醫生又打電話給我，問我是用了什麼方法，我故意賣關子，說：

「我是用最尖端的方法去治療的，不過，這是職業機密，不能奉告。」

他哈哈一笑，掛了電話。

他知道，我是跟他開玩笑，只要有機會聊天，我一定會詳細告訴他的。

——本篇原載於《臺灣新生報》副刊，一九八八年七月三日出版。

超人侍者

在H市的巴黎大飯店的餐廳有一個侍者，傳說是一個超人，他能夠超越時間、空間，能夠做一般人意想不到的事情，而且沒有一樣事情是不可能的，只要他心裏起了念頭，怎麼樣的事情他都能夠做到。

有一天，這個豪華的大飯店來了一個很有名的窮作家。

所謂窮是因爲他一共寫了五本書，分別由五個出版社發行，結果有四家出版社都因爲他的書倒閉了，所以他連吃飯都很成問題，每餐都是白飯配醬油，勉強的維持生活。

所謂名是因爲那唯一沒有倒閉的出版社想要利用他來做一筆生意，跟電視臺做了一個節目，就是訪問這位窮作家，這個節目的效果很好，這一家出版的那一本書在節目播完之後，不到天亮就賣光了。

因此這位窮作家總算得了一次不少的版稅，於是就想到大飯店來吃一回大餐。

窮作家李元元走進巴黎大飯店的豪華餐廳的時候，發現客人意外的少，爲了熱鬧，他選擇了有人坐的旁邊的桌子。在李元元所坐的隔鄰的桌子邊坐著好幾個很高貴的婦人，頭髮都做得端端整整的，好像從燙髮店裏剛剛出來似的，面孔眼睛眉毛都經過了相當仔細的人工裝飾，也好像請化粧師化粧過一般，身上穿的都是流行的敞領的衣服，有的穿黃色、有的穿白色、有的穿紫色，看來都閃閃發光，顯然是絲質的料子，脖子和露得很大的胸口，手都非常的白亮。這幾個婦人看都不看李元元，只顧自己不停地說著話。

這時候一個僕歐從光滑的地板上好像滑行似地滑過來了。

「歡迎歡迎！我想你一定是小說家李元元先生，昨天我在電視上看到你的節目，您用商人送到家裏來的廣告紙的背面畫線，當作原稿紙來用，這一點使我非常感動。您今天來我們這裏賞光，是打算要什麼呢？」

對這位僕歐的感動李元元有一點面紅起來。李元元不曉得怎樣應付才好，趕忙說：

「給我一碗陽春麵！」

「嗄？」僕歐的嘴巴張開，面孔拉長了。

僕歐的驚異也使得窮小說家非常驚異，禁不住自言自語地說：

「啊，陽春麵在這裏大概太低級了，眞是糟糕。我平常只是吃冷飯配醬油的，外面賣的東西，我只曉得陽春麵而已，也許你這個大飯店沒有賣這樣的東西。」

客人不會叫菜，僕歐就自作主張地說：

「今天的特選飯菜好嗎？」

「特選的嗎？特選的那當然好，雖然我不知道是什麼東西，那就拿特選的來好了。」

僕歐深深地一鞠躬，然後離去了。

鄰桌的高貴婦人們，在剛才李元元和僕歐講話的時候已經知道他是窮作家李元元了，於是話題便轉到了李元元身上。

「那就是最近家家戶戶茶餘飯後的話題的李元元作家嗎？」

「看來好像是的。」

「眞是邋遢的一個男人。」

「聽說在最近有一本小說暢銷以前幾乎跟乞丐差不多。」

「呵呵，那一定是最近忽然有了錢了，就來這一流的大飯店享受享受了。」

「可能是的。」

「好像是打腫臉來充胖子。」

「這種作法是沒有必要的。」

「看來一個人的品德跟天賦是有相當關係的，不然有錢了就不會那樣窮酸了。」

「不錯，一個人的品格是天生的。」

「男人沒有品格。家庭的風格就保不住了。」

「不錯。」

講來講去，這一羣婦人們，終於興奮地唱起了歌來，唱得很斯文，歌詞是這樣的：

不錯，不錯。
我們以爲對的就是不錯。
文藝復興發生在中國。
要看風度就看我們這一批高貴紳士的老婆。
衣服在巴黎做，
鞋子是在紐約克。
腰帶是金帶鈎，胸花是銀花朶，空閒了就讀書研究，
家庭過的是幸福的生活。
別人會錯我們不錯，
不錯，不錯，不錯，不錯！

這一批高貴的婦人已經喝了好幾瓶葡萄酒了，歌也越唱越起勁，連續唱了兩三遍了，只是歌聲還是很柔和很優美。

好在有他們的歌可以欣賞，不然窮作家李元元可要等急了，到她們唱完第三遍的時

候，僕歐才把特選的飯菜送過來。

僕歐在窮作家李元元面前放好了盤子叉子，想要離去的時候，李元元忽然一伸手，拉住了僕歐的袴管，差一點把僕歐的褲子給扯下來。

僕歐驚異地站住，回頭禮貌地問李元元說：

「這麼急，是什麼事呀？」

「我想你一定是超人僕歐，從你走路的樣子，我想一定是的。」李元元說，「如果不是你，就麻煩你轉告他為我做一件事情。」

因為窮作家李元元說話的時候眼睛斜斜地望著那一羣婦人，所以僕歐馬上領會了，說：

「我知道了，你想要做的事情我知道了。」

也不等李元元點點頭，僕歐就滑出去了。

一會兒，僕歐又端著東西回來了，這一回是送給那一羣高貴的婦人家。

「啊，各位高貴的太太們，我記得剛才妳們要的是英國女王用的比基尼牛排對不對啊？」

「不錯，不錯！」

「很抱歉，很抱歉，比基尼牛排今天沒有辦法供應了。」

「那是你的錯，不是我們的錯。」

「不過，我準備了太太們一定會喜歡的東西來了。」

「那是什麼？」高貴的婦人們都張大眼睛看著僕歐手上盤子的東西。

「烤蕃薯。」

「什麼？烤蕃薯？」

「是的，烤蕃薯。」

「誰叫你拿來烤蕃薯？」

「這是味道很美的烤蕃薯。」

一羣婦人們的面頰鼓起來了，眼睛瞪大了，眼看著就要發脾氣了。

這時候，僕歐伸出長長的右手，在空中，也就是婦人們的頭頂上，揮了一個優美的圓圈。這眞是奇妙的手勢，彷彿從婦人們的頭腦裏偷走了什麼東西了，這一來，高貴的婦人的態度，忽然變過來了。

「啊啊！好久沒有吃過烤蕃薯了！」

「嘿嘿，嘿嘿！我小時候最喜歡烤蕃薯的。」

「烤蕃薯的確是很好吃的。」

還有的婦人正想說什麼，但是，連忙把話吞下去了，因爲僕歐還沒有把蕃薯放下來，有人已經伸手出去，從僕歐身上的托盤先搶了一條咬起來了。僕歐倒很鎮定，盤子並沒有翻倒，只是白白的衣服，被烤蕃薯弄髒了好幾個地方而已。

僕歐正張大眼睛看著一羣婦人狼吞虎嚥的吃相，一個很有福氣的胖胖的婦人，忽然一邊嘴裏塞滿了蕃薯，一邊口齒不清地問著說：

「喂！僕歐！烤好的蕃薯還有嗎？」

「有的，有的。還要的話，我馬上就送過來。」僕歐禮貌地說。

「喂！不用勞煩你了，你只要告訴我在那裏就成了。」另一個瘦瘦的婦人說。

「都放在 Kitchen 的食櫥裏，準備隨時可以供應給客人的。」

「不要在我們的面前賣弄你的英文了，廚房就是廚房，何必用什麼 Kitchen。喂！我們大家到廚房去吧！」

「好！好！快去！快去！」

婦人們你爭我奪的湧向廚房去了，留下僕歐茫然站在那裏。

「你就是超人吧？」窮作家李元元招呼說。

僕歐微微笑了一下，說：

「先生，你的眼光眞不錯，能夠看出我來的，你算是頭一個。」

「因爲，我看到你剛才做了一次奇妙的手勢，我才知道的。你剛才從那些婦人家那裏偷去了什麼東西呢？」

「如果她們有什麼不見了，那是虛榮，裝模作樣，擺架子，人就喜歡這些奇奇怪怪的東西。」

僕歐並沒有馬上到廚房去，只站在走道上，靜靜地望著廚房的門。

過了好一會兒，一羣婦人才從廚房走出去，她們化粧得很美的面孔，都像黑貓似地塗成黃一塊黑一塊的，她們的肚子幾乎都比剛才高起了兩公分到三公分，有的走路都有一點困難，用手壓著肚子。

到她們原來的桌子邊坐下來，僕歐才伸出左手，又在她們的頭上和剛才相反的方向劃了一個圈圈，姿勢看來還是非常優美。

於是，一羣婦人們一個個驚叫起來了。

「看看妳的臉！」

「啊，妳的臉！」

「啊，好難看！」

「難看死了！難看死了！」

於是這一羣婦人紛紛各自把手提包放在腿上，取出了手帕和鏡子，用優美的手勢輕柔地擦著，一直到完全擦乾淨後，又拿出粉和口紅，重新化粧。

有一個鴨蛋臉的婦人首先化粧完了，擡起頭來，眼睛斜斜的望兩邊吊起來，嘴巴一尖，憤憤地說：

「喂，僕歐！你就是那個超人僕歐？你羞辱了我們，該當何罪！」

「你要知道，對我們，那是不可原諒的侮辱。」又一個婦人責備說。

「你雖然有超人的能力，可絕不能用在這種方面，絕不能用在我們身上！」

僕歐雖然很想笑，但是不敢笑出來，忍住了笑，認眞地說：「就算我對不起大家，請原諒，好不好？」僕歐說完，又行了一個九十度的禮。

「如果不是我們平常的教養，不但不會原諒你，你還會被我們壓在地下，用拳頭捶得半死。」

——本篇原載於《自立晚報》副刊，一九七八年十一月二十三日出版。

一個男人

他，是一個男人，至於他叫什麼名字，我們可以不計較，因爲像他這樣的男人，即使不會很多，也不會只有他一個。我們就把他當做一個男人看就行了。

這個男人的星期天，都有固定的活動，就是爬山。爬山是他所喜愛的，也是他在忙碌中唯一的休閒活動，更是他保持健康的唯一的運動。

但是，昨夜，半夜裏，天氣忽然轉變了，被鬧鐘聲叫醒時，窗戶劈哩啪啦的響著，登山，去不成了。雖然雨天，照樣可以登山，他也曾多次在雨中爬過山，可是，現在是冬天，氣溫又在十度以下，這麼冷的天，到遠處，衣服溼了，不是好不好受的問題，還要擔心感冒。儘管心還是很想很想出去，看著灰濛濛的天，聽著潑達潑達的雨聲，他還是屈服了。

這一天，除了爬山，並不曾安排任何計劃，因此一時不知怎麼打發時間了。穿衣、刷牙、洗臉、燒水、泡牛奶、啃麵包，一切都不趕、不急，消磨時間似的慢慢的做。這樣慢吞吞的動作，使他覺得日子好無聊。

本來，打發時間對他來說，並不會有任何困難。因爲，他喜歡塗塗寫寫，可是今天，並沒有想好的東西要寫，不能攤開稿紙強迫工作。不寫，也沒有關係，他還有很多書可以看，有很多年輕作者寄贈的書，也有很多書店老闆寄來的書，很多還騰不出時間來閱讀。

他抹抹嘴，抽了一根煙，就隨便抽出一本書看看。那本書，本來就不是他喜歡看的，看了一頁又一頁，還是引不起興趣。雖然沒興趣，爲了消磨時間，還是一頁再一頁的看下去。在這樣的情形下，越看，心越沉。看看窗外，連五十公尺外的大樓都在雨霧中，看不到壯大的龐然物，他的心中，好像比外面的天空更灰，更沉，有重量往下垂，壓迫著橫隔膜。

放下書，瞪著天空，他想還是穿上登山鞋，打著傘，到鄉下走走吧！

這時候，電話鈴響了，電話那頭的聲音很喜悅：

「我猜想，這樣的雨天，你可能不會去爬山，你果然沒有去，太好了。好久沒有到你那兒玩了。你不會出去吧？我找個朋友到你那裏去，中餐不要煮，我們十二點以前會到，中午我請客。」

放下了話筒，他笑了。好像苦戰中，得到救兵一般。這樣就不必擔心今天這雨天會無聊了。

說要來的，是個年輕他十歲的青年人，喜歡寫詩，但沒有天分，寫得不大好，爲了寫詩，把他當老師看待，也喊他做老師。詩雖寫不好，在考場上倒一帆風順，當一個小主管，十分得意。

這個很尊敬他的年輕人，筆名叫詩蛄，他找了小逑來。小逑也是一個師事他的學生，是學寫小說的。他們是在他家認識的。他們兩個都因寫不出好作品，很久沒來拜訪他了。

近午的時候，他們來了，他們的心情一點也不像今天的天氣。詩蛄滿面春風，笑盈盈的，就像今天的太陽，被他納入他的心中一般。木訥的小逑也很不尋常的不時露出笑容來。

詩蛄說，今天他們有一個計劃，要帶老師到一個地方去。因爲他們認爲師母已過世一年了，老師沒有接觸女人不行。

男人說不好。

木訥的小逑立刻說，老師這樣一味克制才不好。

詩蛄說，他知道，老師一定不會去那三百塊錢的，老師不會喜歡那便宜貨。今天要帶老師去的，是很高級的地方，老師一定會喜歡的。

男人還是笑笑搖頭說不好。他自己不會去做這樣的事，這是被他們猜對了，他們這樣了解他，這使他很高興，他的笑，含有高興的成分。學生要帶老師去那樣的地方，這恐怕是有史以來不曾有過的事，這種事，恐怕二十世紀反常的時代才會有。他的笑也含有這種奇怪的成分。

爲什麼他們會動起這樣的念頭來呢？想到這，男人又笑了。詩鮎又說：「老師！這不是想好玩的，是我們很認眞決定的。」

男人又笑了，但並沒有想要叱責他們的意思，當然對他們會爲他設想這樣的事，倒認爲很難得，如果不是很知己的朋友，絕對不會爲他想到這樣的事。對他們的心，只有感激、欣賞，頂多只是有一點不好意思接受這樣的要求而已。

於是，沒有等男人有肯定的答覆，詩鮎就撥起電話來。

「茉李，聽得到我的聲音嗎？……今天不是我要，我要請朋友到妳那邊去。我們兩點準時到，不要讓我們等，妳先叫一個來。大學生樣子的，淸秀一點的。……好。」

電話掛斷之後，這件事就好像已經決定了。詩鮎也不再提了，小逑也不再談了，男人也沒有再反對。爲什麼不提出反對呢？男人只知道，自己有受人影響，沒有主見，不能堅持的性格上的毛病。再反對，好像不通人情，狗咬呂洞賓，不識好人心了。

草草吃過午餐，就坐上計程車，到臺北的梅花賓館。

賓館究竟是怎樣的地方，男人第一次見到內部。原來賓館就是旅館，是變相旅館，他竟然完全不知道。看著豪華的佈置，男人爲自己的無知感到臉紅。文學上，他絕對是他們的老師，在社會學上，恐怕連做他們的學生的資格都沒有。

叫茉李的老闆娘，馬上帶著一個女人出來了。看來只有二十歲左右，並不是很成熟的身材。但長得很清秀。並沒有濃粧艷抹，只是若有若無的薄施脂粉而已。雖沒有豐滿感，卻潔淨可愛。頭髮是沒燙的，長長的一直垂到肩上。

「來吧！」

老闆娘說著，開了一個房間的門，女人馬上進去了。

詩蛄說：「老師！這個姑娘好不好？不好就再換一個。」

本來十分躊躇，不知如何是好的男人，聽到要換一個的話，覺得那會太傷女人自尊，馬上就進去了。

女人看他進來，馬上把門反鎖了。

男人站在門邊，一時不知怎麼辦，也不知跟女人說什麼話好。

女人走到床邊，開始卸掉不必要的外皮了。她卸盡了一切，男人還沒有走過去。

過來呀！

女人喊他。男人這時候，感覺自己的身分很卑下，他不像是個花錢來蹂躪女人的男人，而是怯怯的供人使喚的僕人似的。

女人的乳房，臀部都不大，但肚子平扁，背脊溝很深，線條很美，更難得的是，身上找不到一個黑點或黑影。可以說相當美的女人。

但男人還是趑趄不前。他敢欣賞，不敢再有進一步的慾求。

過來呀！

女人又叫了。

男人這才像被老師叫到名字的小學生，慢慢走向床前。

上來呀！

女人又叫，好像急於解決事情似的。

「不要！」男人搖搖頭說了一句。

「不要，你叫我來幹什麼？」

女人有一點生氣，但馬上很敏感的再問一句：

「你不喜歡我？」

「不是！」男人連忙搖頭。

這一下女人心中緊張才鬆開了。

「看樣子，你又不是沒有做過的人，害羞什麼呢？」

男人沒有回答。從前，看太太寬衣都不敢，看她脫下外衣，只著內衣的身體，就會想要她。現在，他卻什麼也不想要。眼前的女人，比亡故的妻年輕許多，也漂亮許多，不知爲什麼，卻不會想要她。

「你自己不來！我來！」

女人挪身過來了。

「不要好不好？」男人說，「我會給妳錢。」

「我又不是乞丐，誰要你救濟！」

女人又生氣了。

一會兒，女人又說：

「不要像小孩子一樣，來吧！」

女人動手爲他解皮帶，鬆扣子。男人好像成了奴隸，沒有自己了。

女人叫他躺下，他就躺下了。

女人在他身邊躺下來，又說：

「來呀！」

男人說：「我不會。」

「怎麼不會呢？」

男人沒有回答。他也不敢回答。他此刻心中所想的，是不能告訴她的。這時候，男人才對自己有了一種新的瞭解，他是跟別人不同的男人，他是心理的男人，不是生理的男人。生理的男人，只要生理上有需要，跟任何女人都可苟合，以滿足生理的需求。他沒有辦法這樣。對沒有產生感情的女人，他一點男人氣概都沒有。至於對所愛的女人，即使生理上並未飢渴，相擁相觸，就會興起生理的需要，而且要生理滿足之後，心理才會滿足。

這話怎麼能告訴她呢？

「討厭！自己不來，要讓人家來。」

女人坐起來了，用手去摸弄起來。

男人這時候，覺得那個東西好像是她的，不再是自己的，不能供她使用，反而內心生出了慚愧之情。

「能用嘛！怎麼說不會！」

女人喜上眉梢，好像高中生解出了一道很難的數學題一般。

女人辦完事後，全身倒在男人身上，愉快的說：

「你好壞！會，又裝不會，全部要我做。好壞呵！」

女人吻他的左頰，又吻他的右頰。這樣還不夠，又找他的嘴。

「你好斯文，好乾淨！很高級！我很喜歡你！答應我一定要再來！我叫密滋，要記住呵，叫一聲密滋。」

男人乖乖的叫一聲：「密滋！」

女人又高興的用嘴封住男人的嘴。

要打開房門出去時，男人很怕，見到那兩個年輕人，不曉得會不會不好意思。沒想到他們兩個還沒出來，這樣一來，男人就不會不好意思了。

出了賓館，詩軲又說要去吃海鮮。男人雖然覺得讓兩個年輕人破費那麼多錢不好，但盛情難卻，還是去了。

一進門，就有一個「經理」過來，喊詩軲的名字。他們坐下後，那個「經理」也來敬酒，還拉了一把椅子，坐在詩軲身邊一會兒。詩軲把手擱在她的肩膀，她也沒怎樣，詩軲摟她的腰，摸她的臀，她都全不在意。

她去忙別的事後，詩軲說：「下次要叫她到賓館去。老師看這樣的情形，叫得動她嗎？」

因詩軲不肯叫停，男人和小逑就陪他一直坐到深夜，吃到打烊，才叫計程車回來。要回家時，三人都醉了。

男人回到家，才洗完澡，電話響了。是詩軲的太太的聲音，一同來拜訪過很多次，很熟悉的聲音說：

「詩岵說一整天都在你那裏，是眞的還是假的？」

「是眞的，我們一整天都在一起。」

「那我打了好幾次電話，怎麼沒人接？」

「因爲他很久沒來，我帶他到外面吃飯，聊天。」

「是跟你在一起就好了，那我就放心了。」

「是跟我在一起啦，沒有問題啦。」

放下話筒，男人不自覺的臉紅起來。他想：跟我在一起，本來是不會有問題的。可是，今天不是他跟我在一起，是他要我跟他在一起了。

一會兒，電話又響了，是小逑的太太打來的電話。

「今天小逑有沒有去你那裏？」

「有啊。」

「幾點去的啊？」

「還沒中午就來了。」

「幾點走的？」

「才走沒多久，現在應該到家了。」

「謝謝你，打擾了。」

不會再有電話來了，男人開了一瓶威士忌，一杯一杯猛灌下去，然後蒙頭大睡，他希望不要有夢，更希望明天雨停，好去爬山，使心情清澄、快樂起來。

——本篇原載於《臺灣時報》副刊，一九八八年四月四日出版。

三等人

九點半，楊的商店打烊之後，方、周兩位便下樓來了。這是很自然的，不必事先約定，沒下來的，也不必特意去找。聚起來了，就自然的走向能喝到十二點的小餐館。

我們都知道，這樣太太們會不高興，但是，沒有聚聚喝喝，我們會不痛快，也會引起家庭風暴，我們也知道要省儉些，但是，約束不住。因爲我們是常人，不是聖人。

我們常互相約束，不談我們以外的兩種人的事。我們這一棟小公寓，只有十四戶人家，有一個上層人物，另外有一個下層人物，其他都是跟我們一樣，不是沒有讀書，卻是沒有學問的人，我們不是不懂是非，卻是沒有修養的人，我們不是沒有理想，卻是爲了生活，在現實裏打滾的人。我們不認爲自己是高尚的人，也無意立志做高尚的事，我們盡量隨心所欲。因爲我們是平常人，也是正常人。

而住在五樓東側的劉先生，他可與我們不同，他高我們一等，和我們不屬於同一階層。另外，住在最高層的姚老頭，那是下我們一層的，和我們無法湊在一塊的下層人。

我們並不是喜歡談他們的是非，並不是愛說他們的閒話，只是不喜歡多談自己，喜歡談別人，這樣才可以隨心所欲，沒有什麼顧慮，也才不會留下把柄。因此，三杯下肚，話題一轉，又說到他們的事。雖然未喝之前，就約定過了，卻沒有任何人願意提醒大家約束過的事，不但如此，還有心想知道他們的事。而且，即使所說的，已一再重複，因氣氛不同，語氣不同，還是百說不厭，百聽不倦。

這天，是老周開始的，他是最不滿劉先生的人，他說，他常常心情好好的，看到劉先生，心情就亂掉了，他不願意看到他。

老周說，他自認自己相當了不起，也相當有成就，也因此心裏也有一分得意，當然也蠻快樂的。可是，一看到劉先生的樣子，他就矮了半截，相形見絀，再也挺不起胸膛，抬不起頭來。

老周說：「說他高傲，他又不是，卻又有那味兒；說他瞧不起人，他也不是，可也有那味兒；他有我們裝不出來的偉大，高尙的樣子，對我構成很大的壓迫感。我常常想，像摜掉玻璃花瓶一樣，一拳把他那臭形象打破，破碎滿地，使他再也湊不回去，可是，到他眞正出現面前時，不但兩手戰慄，連脚都發抖，更不爭氣的是，還居然先出口向他打起招呼。他使我覺得自己很窩囊。因此，我不喜歡他，我恨他，我卻又不敢在他的面前說，甚至做出怨恨的表情來，都不敢。他使我恨自己，因此又更深一層恨他。」

老周說，跟劉先生這樣的人住在一起，是悲哀的，是不會快樂的，希望有一天，他能搬走。

「我可希望他不要搬走。」老方接了老周的話，不管老周的眼睛睜得多大，也不管老周在瞪著他。

他說，劉先生的樣子，不是驕傲，是一種很有修養的風格，一點也找不到「臭屁」（傲氣、擺架子）樣子。老方認爲劉先生不會瞧不起人，他看來很溫和，看到我們，常嘴角掛著微笑，他明知我們在各方面都比他差一大截，他還是先向我們招呼問好。老方對他很佩服，說他的滿肚子學問和高尚的人格，都已經在身體內裝不下，向外滿溢出來了，而且不是裝的，屌出來的，是瀑布、流水一樣自然流露的。

「我們不要想把他和我們拉在一起，那對他是委屈，我也曾想，有一天請他來跟我們一起喝酒。」老周打斷他，說那樣酒就不好喝了，老方不管，繼續說下去。「可是我不敢去請他。雖然我知道，偶而一次，爲了睦鄰，他是會參加的。但是，我不要把他拉下來，跟我們湊在一塊，他是在我們上方的人物，我們仰望他就好。我們需要這樣的人，有他，我們才知道，自己還不夠高尚，有他，我們才知道，自己還不是最好。我是喜歡他的，我也是欽佩他的。老周說要打碎他，我卻要在心中設一個神殿供奉他。」

老楊呷了一口酒，清清喉嚨說話了，他說他不像老周那樣氣恨他，也不像老方那樣崇拜他。

剛搬來不久，因垃圾帶下樓，常因袋子漏水，把電梯弄髒，有一次，被劉先生逮到，在人贓俱獲之下，被他訓了一頓，那時，有一點惱羞成怒，由於他的年紀和爲人，沒有爆發起來。從那次以後，心中對他相當氣恨。但是，後來發現，由於他敢說，大家又因爲尊敬他，有一點怕他，不敢不聽他的，所以才使我們這個小公寓，比別的公寓，在衛生、秩序、管理各方面都舒服、方便。他對我們這個公寓，是個不可少的人物。

儘管如此，老楊並不喜歡他。他輪值收費時，老楊常故意刁難他。白天來，說生意不好，還沒有錢，請他晚上來，晚上來了，又告訴他，剛剛有人來算帳，被拿光了，明天再來。他這樣被折騰好幾次，沒有惱色，也不抱怨，卻弄得老楊自己心裏不安起來。

有一段時間，一個流浪漢，常常在公寓大門裏過夜，大家都希望把他趕走，可是，沒有人敢當面趕他，就請劉先生去做。劉先生不但沒趕他，還送他一條長壽煙。流浪漢，晚間居然在樓梯間大便，清掃的人說她不幹了，他居然自己去清理臭氣薰天的糞便。

老楊的結論是：「我不管他偉大還是高尙，不管他有學問還是有修養，我不歡迎，也不排斥，因爲他對我們的公寓有用處。不過，在電梯碰面，他不先跟我打招呼，我是不吭聲的。」

我舉起酒杯，勸大家再乾掉一杯，並要求說：「這次我來付帳好了，大概連今天借給老姚的，可以湊成一張。」

「老姚也向你要錢？」老周很驚異。

「今天也向你借嗎？」我問。

「我只給一百。」老周說，「大概不夠的樣子。」

老姚常常失業，借錢都有借無還。因此，大家都知道，只能借給他一點塡飽肚子的錢。看他是同住一棟公寓的分上，大家還有一點同情心，其實對老姚這種不識字，又潦倒的，每天晚上喝悶酒的可憐人，大家都寧願不提他，提到他，彷彿損辱了自己的背脊高挺起來的作用。

回到公寓，和自臺北回來的劉先生竟不期然的在電梯門前遇上了。

「大家好！」劉先生像遇到好朋友似的打招呼。

大家同聲說：「您好！」

劉先生隨即聞到酒味，說：「你們喝酒啊！」

「嗯。」

我們又異口同聲說。這一下氣氛變了，好像小學生做了不該做的事，被老師撞見似的。

「喝到麻些麻些（微醺）就好，不要喝醉。」劉先生又很好意地以聊天的口氣說著。

「沒有喝醉！」

「沒有喝醉！」

我們都像小學生似地辯解。

這時，電梯下來了，門開了。

劉先生進去了，用手按住「開」的按鍵，要等我們進去。但是，我們幾個都沒有動。

「不一起上去嗎？一同坐，可省一點電費！」劉先生又說。

不知道爲什麼，劉先生的邀請，大家都有一點緊張。

我趕忙說：「你先上去吧！我們還要再聊一會兒。」

「那就再見了！祝你們晚上睡得快樂！如果老婆嘮叨，可要忍耐一點呵！」

電梯關上了，劉先生上去了。我們三個，你看我，我看你，都不瞭解，爲什麼對我們純是好意的話，一點也不能愉快，更沒有人表現出感謝之意。

——本篇原載於《臺灣時報》副刊，一九八八年九月七日出版。

田中先生的眼淚

一九四三年的二月裏，一個難得有的晴朗的日子，一碧晴空，萬里無雲，本該很愉快的上學校，可是，同路的同學，大家你望我我望你，不時偷偷地向天空拋去一眼，沒有一個露出笑容。

多麼晴朗的天氣！而晴朗的天空，隨時將出現飛來的恐懼。我們小小的心靈，有著難於負荷的恐怖。

到了學校，坐在教室裏，大家默默地抓著書本，沒有一個人看書，眼睛都視而無覩，把眼睛的神經，也都分派到耳朵上去，準備聽到第一聲警報，就往外衝。

我偷偷從書本上抬起眼睛，向講臺上的田中先生注視了一會。他的國防色（卡其色）國民服，依然亮著絲綢的細緻的光輝，只是，釘有馬蹄鐵的皮鞋，今天不響了。他在講臺上，踱過來踱過去，脚步沈沈的，沒有聲息。他那濃濃的粗眉，和鼻子下一小簇黑黑的短鬚，一向像鋼絲一般直挺著的，今天全部往下搭拉著。

忽然，他把脚往臺上一頓，一聲爆響，差一點把我們震上了天。有的同學喊出聲來，不自覺地把手舉到了胸口，但是，當田中先生把正面朝向我們時，同學們立即靜默下來，舉到胸口上的手也迅速地垂下去了。

要是平素，同學們這樣的膽怯，一定會挨一頓臭罵的，「淸國奴」的字眼，又會隨他濃濃的口臭，從他口裏彈射出來，可是，今天，他不但沒有發脾氣，彷彿也爲了過分驚嚇了我們而感到意外似的。

他坐下來了，不過，沒像往日一樣看報紙，他的雙眼一直投向門外。

我也偷偷把臉轉向門外。春陽照著沒長半根草的紅紅的操場，操場，紅得像操場的竹籬外的屠宰場中被剖開了肚子的豬，陽光在涼涼的春風裏，像萬把冷劍。

忽然一條頗長的人影出現在操場上，那是胖得像豬似的吉田校長。短短的脚，鼓鼓的肚子，尖頭肥腮扁鼻厚唇的綽號叫豬的傢伙，在操場邊的防空壕旁，背著手踱步，不時抬眼望望天空。

太陽被廊沿所遮，看不到了，但是，一直到地平線，沒有一條雲絲。空曠得一定會有什麼東西出現似的。

好容易朝會的鐘聲響了，一如往常的規矩，大家先到教室門口排好隊伍，然後由班長指揮，行進到我們排隊的位置。

校長一手扳著講臺，傾著身子，一步步帶爬似地艱難地上了講臺。

「立正！——敬禮！」我的導師田中先生從丹田發出吃奶的力量，雄壯地吼叫著口令。

吉田校長，這個綽號叫肥豬的，今天不知為什麼，端的像一條肥豬似的，連答禮都不會了，茫茫然轉動著陷得很深的鼠眼，然後又看看天空。又動了動脚，再吞了一口口水，才準備好了似地開了口：

「無敵的皇軍，昨天，為了戰術的理由——是為了戰術的原因，放棄了所羅門群島的瓜達康納爾島，向別處轉進。雖然，由於戰術上的原因，一時放棄，奪回的計劃已在掌中。我們前線的將士都懷著無比的英勇，充滿了殲敵的決心。讓我們為英勇的皇軍歡呼：皇軍萬歲！大日本帝國萬歲！」

我們的歡呼聲響徹雲霄，每一個人都似乎要吐盡心中的恐怖似地大聲喊叫。但是，我們沒有能喊來皇軍的威風，喊聲未停，餘音還在天空傳響，就被突然驚叫的警報聲蓋掉了。

「全員退避！」

校長大叫一聲，慌忙轉身，田中先生立即奔過去攙扶他。

我們就像敵機已來到頭上似的，拚命往指定的松樹林中的防空壕狂奔。

「唉！我的脚偏（扭）了一下！啊！」

有一個跳入防空壕時沒小心的同學在喊痛。另一個慢呑呑落在後面的同學笑他說：

「那麼怕幹嗎？我爸爸說，臺灣是中國人的，雖然米國（日本稱美國爲米國）人來炸，我們中國政府不會讓他們亂炸人民的。」

「傻瓜！你要害你爸爸坐牢嗎？不可以講的話，不要講！」班長警告他。

老師們過來了，同學們的吱喳聲全停了，一切都靜了，連鳥叫聲都沒有。大家靜靜地聽著，很遠很遠的地方，有嗡嗡嗡嗡的飛機聲，接著天空中傳來迸迸的高射砲的聲音，然後就從地面傳來炸彈爆裂的震盪。

一會兒，飛機出現了。

「一架！」「兩架！」「三架！」……「五架！」

同學們偷偷地望著天空，小聲數著。

「退避」（躲避）的鈴聲響了，我們用手指塞住耳孔，用四指壓著眼睛，跪伏在地上。

飛機哼哼地怪叫著旋轉了，然後俯衝了，達達達，達達達……機關槍一連串地響了。飛機掠過我們的頭上，槍聲是從火車站那邊傳來。

「可能打火車！」

「不知打到人沒有？」
「恐怕有軍人被看到了。」
「不要亂猜！等一下聽報告！」
被田中先生一喝，同學們立即靜下來了。
飛機去遠了，我們仍舊呆在防空壕裏。
「我們的飛機怎麼沒有飛起來跟他們一起空戰？」
我身邊的同學小聲發出疑問。
「不要講這樣的，給田中聽到了，會給打死的！」我制止他。
直到解除警報響，我們才從防空壕爬出來，回到教室去。
在教室裏，我們都挺直背脊，兩手平放在腿上，靜靜地等待老師進教室。
「起立！」
班長喊了口令。大家直立不動，平視前方。平時要站在門檻上，挺著濃眉向教室瞪視三十秒鐘，才昂然走進教室的田中先生，今天很意外地俯首走上了講臺。
敬禮坐下後，我們又恢復挺脊的姿勢，等待田中先生開口。
田中的濃眉，仍像早自修時一樣搭拉著，短髭也一樣斜斜地下垂，一向那麼威嚴的他，今天卻是一副十足的貧相。

他把手背在背後，緊抿著嘴唇，良久不語。教室的氣氛，愈來愈冷，終於像冰固了一般，冷得個個在內心發顫。

這是不幸的事情要發生的前奏。今天不知誰會倒楣，但願不是我，我在內心向三官大帝祈禱。

「林鍾隆！」

我一陣驚顫，彈跳起來。萬萬沒想到，要應付這緊張局面的會是我。只有硬著頭皮，接受命運的判決了。

不論他問什麼，我一定要好好地回答，我叮嚀著自己，注視著那令人想笑的貧相的臉，壓制著自己不敢笑出來。

「前線的皇軍打得怎麼樣，你知道嗎？」

這又是出乎意料的問題。我一時不知如何回答好。我知道，在中途島海戰，皇軍被打敗，昨天聽收音機播報，爸爸說，在瓜達康納爾又敗了。但是，實話是不能說的，如果我照實說了，那不知會激起田中先生多大的憤怒。

我抬眼偷望了一下田中的臉，他兩眼一直凝住在我臉上，奇怪的是，沒有憤怒，只是急切地等待什麼似的。

「我不知道。」我說，「我家沒買報紙。」

我知道，這是會使田中先生失望的回答，不過，我加了一個理由，料不致招來太大的憤怒。

可是，我的估計錯了。

「胡說！」

田中先生的大手掌在講桌上用力一拍，教室裏發出爆炸似的聲響。

我低著頭，抬起眼皮睨了他一眼。不看還好，一看之下心頭立刻抽緊起來。

他眞的憤怒了。搭拉著的短髭、濃眉，鋼絲似地挺起來了。

「說謊！——」田中先生又罵了一句，這次沒再拍桌子。「爲什麼不老實說！」

我感覺到，同學們都在偷窺著我，統統都爲我捏冷汗。

我已準備接受他最野蠻的處罰。在教室裏，可能的情形有兩種：他從講臺上衝下來，向臉頰左右開弓，倒下去，就用脚踢；或者把教室牆角放著的像脚的大趾那麼粗的桂竹竿拿起來，這平常用來取下掛在教室前面天花板下的掛圖用的，也常常變成他打人的工具，打到頭頂上，上面半個頭立即麻掉，到知道痛的時候，已是高起三公分的大瘤了。

這是可怕的事，但是，若說了實話，事情還會比這更可怕。

不能說實話！不能說實話！我提醒著自己。

「皇軍敗了！被打敗了！你爲什麼不這樣說！」

田中先生沒有衝下來，竹棍子也沒有落到我頭上，擲過來的，是更爲意外的話。同學們在面面相覷。我不敢擺動腦袋。這是日本人絕對不會說的話。除非是設陷阱。有一個同學曾陷入田中先生的語言陷阱，結果，爸爸被傳喚到派出所，被刑警打得遍體鱗傷，拘留了三天，才釋放。

教室像個墳場，除了窗外風吹油加里葉的悉沙聲外，沒有聲息。開著的窗口吹進來的春風，使我發寒。

不管他怎麼說，老實話是不能說的。我又一次小心地告訴自己。

「不知道，那是假話！」

田中又吼了一聲。我知道，受刑的時間漸漸迫近了。這時候，我有一點怪怨起爸爸來了。常常空襲警報，經常勞動服務，爲什麼不讓我在家裏玩，一定要我天天上學呢？爸爸說，不上學，爸爸會被警察叫去審問，或被調去做「奉公」（構築工事的勞動服務）。──我又不能完全責備爸爸。

我才六年級，這樣可怕的場面，叫我如何承受呢？我眞想放聲大哭一場。但是，哭了，會被罵爲「弱蟲」，更要遭受輕蔑和狠打。我只有忍著。

「你不是不知道！你是知道的！朝會時，校長講過了──無敵的皇軍，爲了戰術的理由，放棄瓜達康納爾，但是，奪回的計劃已在掌中。前線的將士，都懷著無比的英勇，充滿了殲敵的決心！……」

田中先生愈說愈激動，像個話劇演員，充滿了感情，從內心發出血的叫喊。

我第一次感悟到自己的無知。爲什能我沒想到，照校長的話宣說ㆍ遍呢？我一定會挨打了，這是不會被原諒的。

「校長的話，聽到了沒有？」

「聽到了！」我很快地回答。

「既然聽到了，被問到了，馬上就要照校長所講的那樣回答！」

「知道了！」

我再一次迅速而乖巧地回答。我怕這樣還不能消除田中先生的憤怒，趕快把校長的話背誦一遍：

「皇軍爲了戰術的理由，放棄瓜達康納爾島，……」

我挺著胸，昂著頭，依照田中先生的聲調，激昂慷慨地喊完了那ㆍ段話。

我想，這樣或許能避免挨打，但是，又一件意外的事情發生了。兩行清淚，從田中先生的眼睛連串地滾落下來，他的濃眉、短髭，搭拉得更厲害了。

對這樣的一個人，我不再害怕了。因爲他平日的威嚴，一點也沒有了。

「快道歉！」

鄰席的同學小聲催促我。我的嘴唇也自覺動了一下，可是聲音沒出來。要打，你就打吧！我突然堅強起來，我沒有向他說出道歉的話。

這時候，警報又響了。

「滾出去！」

田中先生大喝一聲，短髭和濃眉又挺直起來了。我們都向防空壕奔去。田中先生這一次沒有出來。

「大概還沒有哭停吧！鍾隆！是你把他弄哭的，拿一塊糖果去哄哄他吧！」同學們的戲語，驅走了我的緊張，使我不覺笑了。

——本篇原載於《臺灣新生報》副刊，一九七三年一月三十日出版。

微笑

警報解除了，學海第一個從防空壕鑽出來。眼前忽然一亮，胸口也彷彿射入陽光，有了重見光明的開朗。

還是沒有死，又活下來了。

學海的爸爸，回到了那架子都空著的雜貨鋪子，習慣地在櫃臺邊端坐下來，透過只擺著空盃、空瓶的玻璃櫥，把目光投向馬路。

沒有行人，對面的田，更遠的山，都沒有人影。

學海的祖父，在櫃臺的另一端，靠裏邊的一個糖缸上坐下。糖缸彷彿承受不住身體的重量似的，空空地發出哀怨的控訴。因爲糖缸裏已好久沒糖好裝了。

祖父伸手摸到了他自己從山上砍來、自己挖鑿的桂竹烟筒，塞入了「白菊」烟絲。還沒點火，學海的爸爸就說話了：

「阿爸！烟期（配烟的日期）還沒到，您要算著，省著抽啊。」

「我知道。」祖父不太在乎似地說，「抽完，烟期沒到，抽松針，我也甘願。」

這年頭，除了抽烟以外，沒有別的享受了。祖父的意思是，抽完，再想辦法，不要爸爸在意。

爸爸看祖父擦火柴點上火，心裏卻在想著：「抽多了，配給來時，又要爲他留多些，留多些，不僅買的人要講話，更不好的是，賣的錢就更少了。」

十六歲的學海，本來是讀中學一年級，因爲要搭一個半小時的火車到臺北，火車常被掃射，臺北每天被轟炸，又經常被徵調去做飛機場，也就留在家裏，形同休學。

學海坐在祖父和爸爸兩人對面中間的、空蕩蕩的酒櫥下板凳上，輪流地望著祖父和爸爸。

祖父一團一團地吐著青烟，一副不管世局如何變化，有了享受就得好好享受的樣子。沒有生活的負擔，怪清閒的。爸爸就不同了。好像外面的陽光太亮似的，眨一陣眼睛，又像被陽光刺得癢了似的，又眨一陣眼睛，然後，心中有什麼不滿或困難似的，嘴角的肉向左擠，咬了咬牙，張開嘴，呼出一陣氣。

學海知道，爸爸心裏在想什麼。家，是靠雜貨鋪子的收入維持生活的，現在，除了一星期一次的烟、酒、火柴、鹽巴的專賣品之外，就沒什麼好賣了，而所能分配到的專賣品數量又極爲有限。

祖父的眼睛也忽然警覺地集中注視著爸爸的嘴做出來的不尋常的表情，但是，他沒開口說什麼。沒東西吃，就少吃些，他是很看得開的。誰叫日本子要和阿米哥打戰呢？等到日本子死絕了，好日子就會來。他很樂觀，也很有自信，自己能見到那種日子。

爸爸忽然回過頭來，打破了沈寂：

「阿爸！我想把石水的柿子標下來。……」

「好啊！」祖父馬上說，「你看得準嗎？」

「我想，不中也不會遠。」爸爸說。

「有東西賣，總比沒有東西賣好。」祖父說。

「只是，現在，請不到人工來摘。」爸爸又說。

「摘柿子，你擔心什麼！」祖父說，「我閒著，我會摘嘛！學海也在家，又可以幫我做。」

「挑，您恐怕受不了吧？」

「我怎會受不了？我不像你，一輩子沒做過粗工。」祖父說，「蒔打割（插秧、打穀、割稻）、泥水、小工、打穀包、挑穀擔，我全做過來的，我又還沒六十歲，挑一擔柿子，不是什麼大不了的事。」

「從前做過，我知道，」爸爸說，「不過，已經好多年沒做了。」

「哼哼！」祖父不屑地笑笑。

「已經做入骨了，幾年不做，也不會跑掉的。」

「不要挑那麼大擔，五六十斤就好。」爸爸說。

「好啦，好啦！」祖父馬上答應了。「不那樣，你要耽心，當然只好那樣了。」

「柿子很多，又在山坡上，工作很辛苦。」爸爸還是有點擔心。

「你不要愁那麼多，我和學海會給你全部摘回來。」祖父說，「你把石水的柿子，放心標下來就是了。」

祖父提到了學海，學海便向祖父笑笑，沒有說什麼。有活兒做，不必悶在家裏，是快活的事兒。

爸爸把石水的柿子標下來了。

祖父找出了一擔小籮，挑在肩上，要出門了。

「阿公！你又要拿烟筒，又要挑擔子，不方便，我來挑好了。」

學海把擔子取過來，祖父微笑著，讓扁擔從肩上滑下。

石水的柿子園，在二重溪的山谷，有兩公里路程。祖孫倆邊走邊聊天。

「阿公！摘柿子，恐怕比在家安全。」

「那不一定！上次後山砍柴的女孩，不是被打火車的流彈打穿屁股嗎？」

「二重溪山中，沒有火車呀！」

「雖然沒有火車，可有很多挖築防禦工事的日本兵啊！」

「那，就沒有安全的地方了嘛！」

「當然啊！戰爭，是要處處小心的。」

「我上樹去摘，您在樹下接，我們都躲在樹下，米軍的飛機不會看到的。」

「哼哼哼哼⋯⋯⋯⋯」

祖父好笑了。學海莫名其妙。

「有什麼好笑呢？」學海問著。

「柿子樹的葉子並不茂，你爬上樹，目標可大了！哼哼！⋯⋯⋯」祖父還是忍俊不禁。

學海覺得尷尬，一時不知說什麼好。

「摘柿子，也用不著上樹的。」祖父又說。

「那要怎麼摘呢？」

「到那邊，你自然就知道了。」祖父說。

祖父先帶學海到石水的家，借了兩樣東西。一個有長柄的網，一支上頭有Y字形叉枝的竹竿。

沒想到摘柿子那麼簡單，把網口舉到柿子下，把Y字形竹竿舉到吊著柿子的小枝上，用那Y處，左右一扭，柿子就掉到網裏了。

舉著竹竿，昂著頭摘柿子的工作，對將近六十歲的祖父，是辛苦的，學海卻覺得很好玩。

兩籮筐還沒有裝平，學海就叫了：

「阿公！好咧啦！」

「那麼一點點，會被人笑死噢！」祖父快活地笑了。

「太多，阿爸會不放心的。」學海提醒祖父。

「哼哼！」祖父不太同意似地笑了兩聲，思索一會兒，說：「好嘛！第一天，不要摘太多。你爸爸是個喜歡擔心的人，還是不要讓他擔心好了。」

「哼哼！」這一回，學海忍不住笑了。他想說：「才不是怕爸爸擔心呢！」卻沒說出來。

收工了，準備下山了。

「叉子和網子給你拿！」

祖父打算挑擔子，蹲下了身子。

「我不要拿那個！」學海扭身不依。

「不拿這個，難道你想挑擔子？」祖父很驚奇地仰臉望著學海。

「嘿嘿！」學海傻傻地笑著。

祖父沒想讓，仍舊蹲著。

「你是生意人的孩子，沒挑過擔子；十六歲了，力氣應當是有的了，可是，你沒做過。阿公以前是做零工的，一二百斤重的擔子都挑過，又還沒眞正老，六七十斤，是沒有問題的。」

「阿爸不曾叫我挑擔子，日本人叫我去做飛機場，我可挑過泥土。」

「那就給你試試！」

祖父站起身來，馬上又蹲下去，說：

「不行！要試，等我挑下山去，平路才給你試試。」

「不是這樣！」學海說，「我挑下山去，平路才給阿公。」

「好吧！」

祖父終於答應了。學海彎身挑起了擔子，肩膀雖然不很爭氣，脚還中用，不算很重。挑擔子下山，比平地要難多了。不能前後晃，不然穩不住脚步。相當吃力地走了一段，碰上一處旱溝，用力一搖，是很輕鬆地搖過去了，只是，擔子咿啞地響了一聲，扁擔壓住的右肩上，好像上萬隻螞蟻一齊咬了一口，令人懷疑，是不是扁擔裂了，夾痛了肉。但是，一下子就過去了。

到了平路，學海放下擔子。祖父去石水家還東西出來，笑笑說：

「沒想到你這個軟脚蟹，還能挑擔下山。回去告訴你爸，你爸不知要怎麼高興。現在，你休息了，換阿公來挑。」

「我不要！」學海抓住扁擔不放。

「怎麼不要呢？」祖父很驚異。「我們兩個在山上約好的啊！」

「阿公！」學海彷彿要報告什麼似的，一點也不激動。「我想，山上沒人看到，誰挑都沒關係，平路，會有人走，阿公挑擔，孫子走路，人家會笑我的。」

「好的。」祖父說，「你比阿公讀的書多，講話很有道理。你要挑，就給你挑，沒關係。不過，會挑沒挑，怕人笑，是對的；不會挑，怕人笑，勉強挑，就不必這樣啦！」

「我知道！」

於是，學海一路挑著回家，左肩右肩輪換著，沒有祖父的份。

到家放下擔子，祖父上前去，說：

「我看肩膀磨破皮沒有？」

「不會啦！不要看了！」

學海跑開了。他心裏曉得，一定很紅，說不定有一點腫了。

「全部學海挑嗎？」爸爸感到意外。

「他爭著要挑，就給他挑了。」祖父笑笑說。

「不曾挑過，會壓壞身子嗎？」爸爸一臉的憂色。

「你不知，我也不知；我們不曾叫他挑重擔，卻被日本子訓練得很壯了，嗨！」

祖父感慨萬千，一屁股坐下來，又握起了長烟筒。

「學海呀！去玩一會，回來就『點』柿子！」

爸爸要他去玩玩，學海就到外面去走走。

回到家來，祖父已經開始工作了。

「哎唷！怎麼沒等我？」

學海抱怨著，取過一張矮竹凳，在祖父對面坐下來。

左手取過一個青青的柿子，右手拿起鑽子，在「蒂」的中間鑽一個洞，用羽毛蘸一下裝在破碗裏的「㚶」（鹼液），點一滴下去，就把柿子翻過來，屁股朝上，蒂朝下，好好地排在籠子裏。只要幾天工夫，青青的柿子就要變紅，就可以賣錢了。

「阿公！你看！這個柿子好大！」學海說。

「我這個才長得飽滿漂亮！」祖父也舉著手中的柿子。

爸爸在櫃臺邊，望著祖孫兩個，禁不住露出了微笑。

「喂！元富！」

一個日本警察，兇巴巴地跑進來，命令著：

「今天上面來電話，說我們派出所管轄下的地區，燈火管制不徹底，現在馬上傳達，晚上負責巡視，至少兩遍。」

日本警察走了，爸爸又把臉轉向祖孫兩人，微笑著說：

「有柿子好賣，每天都會有人上門來了！」

——本篇原載於《中央日報》副刊，一九七八年二月十八日出版。

裝蝦

陽光朗朗地照著，天空非常晴朗，白雲彷彿一片片貼在青碧的天空，靜悄悄的。在空襲的警報聲響過後，連鳥兒的影子都不見了，麻雀的叫聲也靜下來了。只有靜靜地等待美國飛機的出現；只能等待遠雷似的轟炸聲，叫人無法安靜。靜得使人不想辦法做什麼，就沒有辦法安寧。

但是，到外面去，爸爸是不會答應的。

威平悄悄地走到爺爺身邊，小聲說：

「阿公！我們去砍竹子，好嗎？」

「好啊！」

爺爺長而下彎的眉毛，向上仰起來了。無疑的，爺爺也靜得慌著，有事情可以做做，不必在緊張中靜候，是爲了放鬆自己很爲急需的事兒。

「你去拿刀母（柴刀）和鈎鐮來。」爺爺小聲說，彷彿是他們兩個人的私事，怕爸爸聽到似的。

威平很快把兩樣工具找出來，兩手反背在身後，不想讓爸爸瞧見。又悄聲對爺爺說：

「阿公！兩樣都拿來了！」

怕爸爸阻止，眼睛不期然地向爸爸瞟去。

爺爺笑了，也向爸爸望了一眼。

爸爸正茫然地望著隔著一條大馬路遠方的田野。田上的水稻，沒有水灌溉，地已曬裂，稻莖也有一點挺不直了，青青的禾苗，已出現了乾枯的白色。

爺爺貪戀地再猛吸一口煙，十分可惜似的，煙霧從鼻子一點一點地飄出，把長煙筒垂下，在地上一敲，一團紅紅的煙屎，便滾落到地上。

爸爸的臉轉過來了，屋子裏東西多，他怕爺爺不小心，引出不可收拾的後果。

威平伸出赤脚板，輕輕一踏，再輕輕一踏，然後用力一搓，都變成死灰了。

「我和威平去砍竹子。」

爺爺向爸爸說著，支著長長的煙筒站起身來，懶洋洋的。

「空襲警報還沒解除，出去幹什麼呢？」爸爸不太歡喜爺爺這樣做。

「這裏，屋子成堆，後面廟裏又有日本兵，還會比外面竹叢下安全嗎？」

爺爺不願意呆在家裏，理由也很充足，爸爸就沒有再阻止。只說：

「飛機來了，可要躲好一點，不要被看見。」

「那我曉得！」

爺爺彷彿有一點不高興爸爸把他當小孩子。

「從河底去好了，田上光坦坦的。」爸爸又吩咐一句。

這一回，爺爺似乎讚嘆爸爸的聰明，像小孩子似的，乖巧地應了一聲：

「好的，我會照你的話做。」

威平領著爺爺，順著一排屋子的走廊走去。到盡頭處，溜下河床，在石頭灘上，走了一段，再爬上岸，就到了他們租種的田岸了。

「不要亂砍喔！」爺爺伸出右手，攔住威平，「阿公看好再砍。沒用的，砍下來當柴燒了，也可惜。」

爺爺右手支著長煙筒，左手掌舉到眉毛上，仰望著高高的竹尾，然後，把目光，順著竹尾向下慢慢移，一直到竹頭處。

「那一枝可以，三枝長在一起的中間那一枝。」爺爺說。

威平順著爺爺的手指望去，那三枝竹子，幾乎靠在一起，沒有辦法下刀子。一時遲疑著。

「什麼都要做，沒做過就不知道。鈎鐮給我。」

爺爺說著，從威平手中拿過鈎鐮。握著鈎鐮的長柄尾端，上前幾步，說：

「這樣做！」

威平看著爺爺，把鈎鐮的鋒口向上，從竹縫裏伸過去之後，就轉平，鋒口稍稍斜仰。然後做出向斜上方、向身邊拉的動作。

威平照著爺爺的辦法，把鈎鐮用力一扯。

鈎鐮陷在竹子肉裏，雙手卻從長柄尾端脫落下來，一屁股跌坐在地上。

「你一次就想鈎斷啊！」爺爺呵呵地笑著。「沒有人有這麼大力氣的。」

威平爬起來，把鈎鐮推出竹肉，再用力一次一次地抽切。

颯！颯！

每抽動一次鈎鐮，就切入一點竹肉，就發出很清脆的聲音。

沙拉沙拉沙拉——轟！

一棵像小腿那麼粗的竹子，在竹叢間，搖擺著，倒下來了。

那轟然巨響，使威平心臟一縮，人都幾乎跳起來。回頭看看爺爺，已經驚魂甫定，好笑地咧著滿嘴半白的鬍碴子的嘴巴，說：

「那麼巧！——還以爲炸彈落在身邊了！」

美機開始轟炸了，似乎在新竹那邊，也許煉油廠又挨炸了。雖然有三四十公里距離，地似乎輕輕地搖蕩著，心也被轟得晃蕩著。

威平握著鈎鐮。好容易，也是第一次切倒了一棵大竹子，該是多麼歡喜雀躍的事，卻被轟然一聲，嚇飛了喜悅。威平茫然望著新竹那邊的天空。

「別怕！還遠得很。」爺爺安慰著說，並伸手拍了拍威平的肩膀。

繼續關心遠方的事，會使人不知如何是好。連心都要像天空的白雲，不動了；沒半點像雲，叫人懷疑是一幅圖畫了。

威平再繼續抽切爺爺指定的大竹。爺爺則把砍下來的大竹，拖到河床，用柴刀，落掉竹枝。

威平切倒了一根大竹，就回過頭去，看爺爺先順著竹子，用柴刀輕輕揮切一兩下，再用刀背，逆著竹枝生長的方向，向下打了幾次，一處小枝就落下來，而竹子的青皮不會被撕壞。

爺爺聽到了大竹倒下的聲音，也停下手，仰臉望著威平，瞇著眼笑著。彷彿在說：

「不錯嘛！軟脚蟹，也有硬功夫嘛！」

威平也向爺爺咧嘴一笑，又轉頭再工作。

「阿公！阿公！飛機來了！快上來！在竹叢裏躲！」

聽到飛機聲了，威平大叫起來。

爺爺倒很鎮靜。先聽聽飛機聲，再看看周圍說：

「你下來！在河裏更安全。」

爺爺向威平揮手，威平就放下鈎鐮，溜下河床。

爺爺放下柴刀，拾起煙筒，威平就拉著爺爺的手，走到十幾公尺上游，一棵大葉樹，從岸上伸向河床的陰影下。

「阿公！抽煙好了！」

威平把手伸入爺爺的口袋掏出了煙絲袋，爺爺就把長煙筒舉起來。

威平在煙筒頭裝煙絲的時候，爺爺說：

「跟阿公裝幾次煙絲了？」

「很多次了啦！」威平說。

「火柴頭要燒過，才可以點火喔！」爺爺吩咐著。

威平看著爺爺抽煙，吸進去的時候，就好像獲得了很多東西滿足了願望似的；吐出來的時候，彷彿心中的塊壘都輕輕飛出去了。

飛機的響聲漸漸大了。機影出現了。是銀色的，B24。

一架、兩架、三架、五架，沒有了。

威平數著，從河床上的天空，浴著陽光，悠悠飛過的飛機。

「日本仔，一點辦法都沒有了。」爺爺說，「不會久了，天下要變了。不必再受日本仔的齷齪災了。」

飛機去遠了。威平和爺爺，又開始工作。

把爺爺指定的竹子，都切倒下來，拉到河床，喘了一口氣，威平就說：

「阿公！給我練習落枝，好嗎？」

爺爺沒有停下手來，拒絕似地說：

「你累了啦？還是休息一下好。」

威平在大石頭上坐下來，看著爺爺落枝的動作，聽著那很有節奏的聲音。

叮──叮──喀！───沙沙！

五個動作，三種聲音，就把一處枝，落得乾乾淨淨了。

一根大竹的枝落完了，柴刀一揮，一刀砍去了尾端，讓竹子順手落下，爺爺就轉向威平：

「還想試試嗎？」

「好，換我來！」

威平馬上興奮地站起來。

「要小心喔！竹枝會刺手喔！」爺爺吩咐了一句，才把柴刀交給了威平。

河水靜靜地流著，石頭白白的在陽光下靜默著，樹葉都慵懶地垂著。只有叮──叮──喀──沙沙！的工作聲，寂然地響著。

爺爺望著威平，不禁感嘆說：

「不錯哪！不會輸我哩！」

「這很簡單嘛！」威平得意地回首向爺爺笑著。

不久，解除警報的信號聲響了。落枝的工作也做完了。

「阿公！我們也可以回去了。」威平說。

「要怎麼搬呢？」爺爺沒主張似地問著。

「您拿兩支，我拿三支。」威平說。「阿公先走。」

「怎麼要我先走呢？」爺爺微笑著。「還是你帶路，不好嗎？」

「我怕竹尾打到阿公。」

「喔！原來如此。」

爺爺站起來，彎下身去，拾起兩支較粗的，扛在肩上，說：

「扛竹子，要走上面才好走。」

說著，很輕鬆地爬上了河岸。

到了岸上，又停步，回頭問：

「會重嗎？扛得動嗎？」

威平已經把三支竹子扶上肩，向上彎起手臂抱著。

「不很重。」威平說，「只是很長，不太好扛。」

「頭尾不要落下翹上的，也不要左右晃。」

吩咐了一句，爺爺就上路了。

在雜貨舖看店的爸爸，看到他們兩人在田上出現了，就一直注視著。

爺爺一手搖著長煙筒，一手扳著竹子，走得很輕鬆。威平則像半醉的人，不很能平穩自己。

不待爺爺放下竹子，爸爸就說：

「一下砍那麼多做什麼？」

「五支而已，不會多。」爺爺說得蠻輕鬆的。

「威平不曾扛過長竹子，不太扛得動呢！」爸爸又說。

「近近的。年輕人，學一學，怕什麼？」爺爺不欣賞爸爸那種軟脚蟹的想法。

「不是很重啦！」威平向爸爸說，「只是不知怎樣才能穩住而已。」

「你又不會捆緊再扛。」爸爸說。

「是啊！」威平恍然大悟似的，「阿公沒有教我！」

威平銜著爺爺笑笑。爺爺也銜著威平笑笑，說：

「那有每一樣都要人教的？自己不會，還怪阿公！——去向阿增伯借破竹子的木十字。」

「歇一下吧！」爸爸說，「那麼急幹嗎？」

「小孩子性急，愈快愈好。」爺爺說，「竹子都是威平砍下來的，我不會累。」

威平把十字架借來了。爺爺接了過去，悄聲對威平說：

「你爸以爲阿公累了。阿公如果這樣就會累，那就報廢了！」

「要不要抽一筒煙再做？」

威平也希望爺爺休息一下。

「不要總叫我抽煙！」爺爺露出不快的樣子。「煙，是抽上了，不得已。並不是好東西。」

破竹子，爺爺是熟練的。看好竹子的中心，在直徑的一邊，把柴刀切入，然後，把刀子壓下去，用石頭在刀背捶幾下，勃地一聲，一個節就裂了；然後，換個方向，跟剛才的直徑垂直交叉，按下刀子，竹子就裂成四片；在四片中間，壓入十字形的木架，就開始用刀背打那木十字。

這是很好玩的。威平馬上搶前去。

「阿公！這讓我做！」

威平從爺爺手裏拿過柴刀。用力敲一下，「喀！」一聲，接著，節就開了，「砰！」地一聲，跟著又咧咧幾聲，裂了一段。

喀！——砰！——咧咧！

一個動作，就可以連續引起一串不同的聲響！用力不多，效果卻那麼好。威平玩得很有勁，一會兒工夫，全部「玩」完了。

下一步工作，是要把竹片上，有節的地方，留存的突起的部分削出，這也很簡單。

「這我來做！」

把柴刀貼緊竹片，一揮，多餘的竹屑，就劈歷劈歷彈射出去。也是蠻好玩的。

「你這軟脚蟹，不要太疲勞了，明天收笱子〔蝦籠〕，你就爬不起來了。」

「不會累！我不會累！」威平還蠻有勁的。

再下一步，威平就不會了，但是，他還是想做。

「下去呢？要怎麼做？」威平問爺爺。

「再把竹片破成兩片。」爺爺說。不想阻止威平。

威平拾起一片竹子，看準一半的地方，用刀子切入。很簡單，馬上就裂開了。可是，很快就發現，大小不同了，甚至左右斜了。趕快放下來，說：

「阿公先做給我看。看了我就會。」

不聽話的，會扭來扭去的竹片，在爺爺手裏，乖乖的。只看爺爺右手拿穩刀子，左手抓牢竹片，兩樣相對一壓，竹片就均勻地分開。

威平向阿增伯再借了一支柴刀。幫忙祖父，把竹瓤削去。

五枝大竹子，都變成軟軟薄薄的竹篾子。爸爸又走到涼亭下（走廊）來說話了。

「阿爸！現在該放下來休息一下了。小孩子狂狂的，大人也跟著狂，怎麼行呢？你不會累，小孩子也會累啊！」

爺爺沒有回答爸爸，只對威平說：

「該放一下了，不要惹爸爸生氣。阿公也要抽一筒煙了。」

「我給您點火。」

午飯後，爸爸問爺爺：

「要不要睡個午覺啊？」

「我想不必。」爺爺說。

「裝蝦，今天開始，明天開始是差不了多少的。」爸爸又說。

「是差不多，不會錯。」爺爺說，「做做事，比睡覺好過日子。」

於是，編製笱子的工作就開始了。

起頭，收尾，由爺爺做，中間——籠身，只要將橫篾，在直篾中間，一上一下地壓上去的工作，則由威平幫忙。

「好在有戰爭，」爺爺逗著威平說，「你才會做竹篾（竹器）。」

「這也算是托日本仔的福嗎？」威平放開心情聊著。

「說是，也可以，」爺爺說，「如果他們打贏了戰，你恐怕早被送到南洋去做工了，那還能在家跟爺爺學竹篾？」

「說眞的，」威平說，「阿公會不會累？」

「做竹篾，小可的事。沒事做，坐著發呆才累人。」爺爺說，「做輕事，又兩人邊講邊做，那會累呢？你恐怕累了，是嗎？」

「一點點。」威平說。他覺得腰有一點發僵了。

「那，阿公繼續做，你去揉糠團，」爺爺說，「換個工作，就不知道累。」

威平進屋裏去，抓了一把米糠，從鍋底舀了一勺中午吃剩下的稀飯汁，在地板上，把米糠揉成粘粘的一團。然後做成一個個指頭大的糰子，再拿到外面去，用稻草燒它。火一烤，米糠就香噴噴的，芬芳四溢。不要說蝦喜歡吃，每餐「吸」稀飯汁的威平，都忍不住很想吃它幾粒呢！

到了傍晚，爺爺已做好了三十個笱子。威平在每一個笱子放入一粒米糠丸，就把笱子串在一支竹竿上，用帶子吊在肩上，一老一少，就高高興興地出發了。

「明天就有蝦吃了。沒豬肉吃，蝦也好。」爺爺說。

「蝦太好吃，稀飯汁就會不夠，怎麼辦？」

「那沒關係，叫你媽媽多放點水，就夠了。」

裝蝦，使祖孫二人，在戰爭的辛酸中，也有了快樂。

「要走遠一點喔！」爺爺說。

「到那裏去放？」

「舊火車路下。」

「人家說，那邊有王家的人會偷收笱子，都沒人敢去呢！」威平說。

「沒人敢去，蝦才多啊！」

「萬一被偷收走了，怎麼辦？」

「不要怕，試試看！」

他們順著河流往下走，一直走到劉銘傳時代所建的火車路橋樑柱還在的地方，才開始放下笱子。

把笱子朝下，放在水流中，用石頭壓好。十步左右放一隻。放完了，夕陽已下山了。

「我們住錯地方了。」爺爺說。

「爲什麼？」威平不懂。

「晚霞正好看，我們卻背著它走路。」

「明天我們到上游去就好了嘛！」威平說。

「明天收笱子，可要很早呵。」

「有多早？」

「收回來，才天亮。」爺爺說，「你爬得起來嗎？」

「爬不起來，爺爺就叫我嘛！」

「不行，爬不起來，就爺爺一個人去。」

「好！」威平咬咬唇。「我一定自己爬起來！」

翌日清晨，威平天未亮就起來了。悄悄走到爺爺床前。

「你沒睡覺嗎？」爺爺早聽到他的脚步聲了。

「有啊！」威平說，「可以去收了嗎？」

爺爺下床來了。沒有刷牙洗臉，爺爺也不帶長煙筒，用收籠竿當枴杖，打開門，就踏著露水未乾的地出發了。

「阿公！你想一個笱子，會有幾隻蝦？」

「十幾二十隻，一定會有的。」

「會有那麼多嗎？」

「等會兒，你看看就知道了，」爺爺說，「說不定還要多呢！」

威平懷著雀躍的心情，走到放笱子的地方一看，不禁愣住了。

笱子已經被拿起來，開了蓋子，拿走了蝦，丟在石頭上了。

「眞是夭壽的！」威平罵起來了。

「我們不要這樣罵人！」爺爺阻止他。

「我昨天就說，大家說王家的人會偷笱子，您不信！」威平憤憤不平。

「沒看到，不要賴王家，」爺爺又說，「說不定是別人，故意在這裏偷，賴給王家人的。」

「不管是誰，做這種事的人，好絕！」

「我說不要罵人，你又罵人！」爺爺不喜歡他亂說。

「不罵，要怎樣？」

「也許他跟我們一樣，荒葷太久了，想吃一點蝦。」

「那他爲什麼不自己放笱子？」

「也許他不會做笱子。」

「不會做笱子，就用手抓嘛！」

「有的人就那麼懶惰。」爺爺說。

「懶惰就不要吃嘛！」

「不吃又不行啊！」

威平想罵，想到祖父不許他罵人，也就沈默下來。

「算算看，被偷了幾個笱子。」爺爺說，「我想，不敢全部偷才對。」

一個！——兩個！——三個——……七個……

「咦？」威平驚叫起來了。

第八個開始，就沒有被動過。

趕緊跑過去，翻開壓著的石頭，拿起了笱子。威平又叫起來了：「

「啊！好重！」

威平很想看個究竟，小心地打開蓋子一瞧。

「啊！」

一聲驚叫，笱子被甩在石頭上，蝦都震出了兩三隻。

爺爺很鎮靜，笑嘻嘻地說：

「有水蛇，是嗎？」

「有一條紅肚底。（水蛇的一種）」

「那沒毒的，不必那樣怕。」爺爺說，「你一個個收起來交給我，有蛇沒蛇，我一提就知道。」

一個個收完了，點了一下數目，三十個，沒錯。

爺爺把三十個筍子，一提，上了肩。

「給我拿！」

威平搶了過去，又放下來。

「等一下！」威平說，「我折一根竹子，給阿公做枴杖。」

「拐杖，阿公只是喜歡拿著，並沒有眞正用。」爺爺微笑地接過威平折來的竹子，說：「筍子濕濕，蠻重的，我們一個人扛一頭好了。」

「不用了！我不會拿不動的。」

威平拿過去，吊上了肩，就走起來了。

「才偷七個而已。」爺爺說，「那賊，還蠻有良心的。」

「偷七個，也是賊啊！賊，還有什麼良心？」

「阿公只是想，那種賊，要不是日本仔那麼喜歡打仗，不是沒東西給人吃，他是不會偷的。」

對這話，威平就不知道如何反駁了。

回到家，把活活跳跳的蝦倒入大盆裏，交給了媽媽，早餐桌上，就有了一大盤，尾巴彎得很優美，顏色紅得很鮮麗的蝦。

爸爸說：「糟糕了，米本來就不夠吃，這樣，更要不夠了。」

「中午還有一盤，晚上還有一盤呢！」媽媽說。

爺爺和威平四目對望著，沙沙地吃著，像吃豬耳朵一樣，牙齒怪爽的。

——本篇原載於《臺灣新生報》副刊，一九七八年二月十三、十四日出版。

女仙人

自己已經是七十歲的老人了，外婆過世有四五十年了，外婆的形相，仍然會不期然地浮現在眼前。對外婆，沒有一點點不喜歡的。想到外婆，眼前就出現兩眼深陷，額上橫紋粗粗的，顴骨顯明，兩頰凹入，從顴骨到嘴角，有又彎又深的皺紋，但經常掛著微笑的面孔，很慈祥。我就喜歡那慈祥的微笑。

好像第一次看到外婆，就是這樣的形相，這種形相，一直都沒有變化。外婆很老，第一次看到她，就很老，以後也一直很老。但是，沒聽她生過病，媽也不曾爲了看外婆的病，回過娘家。

外婆很瘦，手細細的，除了皮，沒什麼肉，但是腰和背挺挺的，一點也沒彎。

外婆可能抱過我吧。但是，太小的時候，沒有記憶，有記憶以後似乎沒有過。外婆也沒有爲我特別做過什麼，也沒有帶我去什麼地方玩。唯一印象很深的，是吃飯的時候，外婆都夾著一隻鷄腿，放在的我碗裏，另外又再夾特別有肉的，放在我的碗裏，害我扒飯都扒不到，不得不先吃掉一些肉。

雖然只有這樣，我還是很喜歡外婆。到外婆家，是我小時候唯一的最快樂的事。有一點奇怪的是，在外婆家，不曾見過外公。後來才知道，外公從來不曾回去過。

很久以後，我才知道也有外公。外公家，也去過一次。外公住在大城裏，那邊也有一個老婆。外婆不會跟我提到外公的事，只是，看到我，就慈祥的笑著。

外婆家後面，有一片很大的菜園，泥土是黑色的，很肥沃，不論什麼時候去，都看到滿園都是蔬菜，青青葱葱的，很美；但是，菜園，看一看，跑兩遍就完了。菜園的一角，有二三棵蕃石樹，但是，芭樂也不是一年到頭都有。外婆又不會跟我玩什麼。帶我到菜園後面的小溪去玩水、捉蝦的，是表舅阿土。阿土大我十歲左右，我是小孩子，阿土是大孩子。他會帶我去爬山，在村子外的田野亂轉，會用草、用竹子做玩具給我玩。

阿土的爸媽到花蓮去墾荒，怕生活不安定，把阿土寄居我外婆家，也就是他的叔母家。阿土一直到長大成人，都住在外婆家，由叔母一手扶養他。她教養出來的阿土，從來不曾對我生氣，也不會大聲吆喝。跟她一樣和氣。

我常常跟阿土出去亂玩，到吃飯才回家。不知外婆在做什麼。好像她都閒著。只有一次，我們肚子餓，提早回來，看到外婆在挑大糞澆菜。小小的外婆好厲害，挑了兩個好大的尿桶，背和腰還是挺挺的。我幫過媽媽澆過菜，我挑的是水桶，比外婆的要小很多，可是從河裏挑上來，我的腰彎得挺不起來。

外婆看到我們回來，馬上就放下工作，做點心給我們吃。

媽媽跟外婆一樣，從來不曾病過要躺在床上的病。外婆也就從來不曾來過我們家。只有舅舅偶而會來。我只有一個親舅，舅舅生得奇醜無比，面孔很像猩猩，皮膚也很黑。他替人挖土，替人挑磚，做零工，做小工。有一個壞習慣，每天要喝酒。很老了，四十歲都超過了，還娶不到老婆。

有一回，他去做隨卡車的苦力，路過我家，拿了半打米酒。我爸爸勸他，苦力，不要做，一來危險，再則要用肩膀扛上百斤的貨，又要把上百斤的貨從地上舉到肩上，身體會吃不消。

舅舅說：「不做這個，不夠用啊，有什麼辦法？」

爸爸說：「酒不要喝，苦力放掉，做做散工，夠吃的。」

舅舅喊了一聲：「姊夫！」摸摸口袋，爸爸從抽屜裏拿了幾張鈔票給了舅舅，舅舅就提起半打酒走了。

我不大喜歡舅舅來我們家，媽媽也不喜歡他來，他卻常常來。我喜歡外婆來，外婆卻不來。

到外婆家，每一次要離去時，我都會請外婆：

「外婆什麼時候要來我們家玩？」

「想到就會去，想到就會去！」外婆總是說這一句話，很高興地笑著。期盼似的對我說：

「要常常來喔！」

外婆站在村子口，一直望著我，我每一回頭，都看到她慈祥的笑容。

外婆家好像很窮，牆壁的石灰剝落了，就沒再粉刷過，屋子裏的桌子、板凳、床、被，都是舊到發黑的，從來沒有買過新的，鍋子破了，也是補補又再用。但是，菜是自己種的，鷄鴨是自己養的。在外婆家吃飯，都很好吃。而且什麼都可以吃，不會像在家裏，媽媽總是說：這一碗是爺爺吃的喔！這一盤是爺爺吃的喔！讓人看到又不能夾。

「拿來吃！拿來吃！到外婆家，要認眞吃，盡量吃。」

外婆深陷的眼睛，放射出喜悅的光芒，又夾了一塊肉放到我的碗裏。

很奇怪，那時候的老人家，都不怕小孩子吃多了壞肚子，更奇怪的是，也不曾聽過小孩吃多拉肚子的。

吃著吃著，偶而抬頭一看，外婆居然停住筷子，在看著我狼吞虎嚥的吃肉，嘴角甜甜的笑著，害我也禁不住衝著她笑起來。看我笑起來，她額上的肉稜也笑得震動起來了。

有一次，到了外婆家，門上用繩子綁著，正不知如何是好的時候，一個鄰居對我說：

「你外婆在茶園。」

我問：「茶園在那裏？」

鄰居說：「就在你來的路邊山上啊！」

我慢慢的順著來的路往回走，注意左邊山上的茶園。

山上的茶園都沒有人，只看到山坡的盡頭，最高處，有一個女人在採茶，只有一個人而已，沒有別人。

我不敢喊，還太遠，看不清楚。

我慢慢爬上去，像平常上山玩兒一般，一步一步爬上去。

到了半山腰，我已看清楚了。那小小的個子，瘦瘦的身子，不像中年婦人，像個老人家。

「阿假婆！（客家語）」

我大聲叫，步伐也放大了。

外婆抬起身來，剛才彎成九十度的身子，一下子挺得直直的，也沒有伸手去搥背。

她的遠視眼看到我了。

「小狗子啊！不必上來，阿假婆會下去！」

外婆馬上放下工作，走下山了。

額頭上的汗水，從橫稜似的額上滚下來，像簷水，面頰的汗水，順著紋溝，像溜滑梯似的，但是，外婆的眼中漾著微波，多皺紋的嘴角，笑出了酒渦。

「阿假婆居然沒想到你會來。」

外婆歉咎的說，好像我要來，她就不工作似的。難怪，印象中的外婆都閒著。

「怎麼自己一個人摘茶呢？」我提出疑問。因為摘茶，平常都是一大群的，至少也有三五個。

「自己的一點點，自己摘就夠了。」

外婆的腰部雖然綁著茶籠，卻走得比我快。到了平地，外婆就說：

「你慢慢走，阿假婆先回去洗米煮飯。」

外婆一下子就離我很遠了，健步如飛，像個女仙人。

我不想超越外婆，我慢慢走著，欣賞著兩邊一壠一壠的茶樹，望著伸向前方的粉粉的黃色泥土路。外婆要洗米、生火、要摘菜、殺鷄，時間要很久，一點也用不著匆忙。

外婆是個老人家，我是個小孩子。沒讀過書的外婆，心裏想什麼，我一點也不知道，她也不會告訴我。她的心情怎樣，我也不知道，只曉得她很健康，腰、背都挺挺的，只知道她很慈祥，經常微笑著。

外婆過世的時候，我還是個小孩子。我在師範學校讀書，住在學校宿舍裏。媽媽沒有通知我，所以我沒有看到她的遺容。

外婆死後，我第一次去外婆家，我問舅舅：外婆的墳墓在那裏？舅舅說：

「墳墓有什麼好看！在家燒燒香就好。」

外婆過世後，我的童年唯一的歡樂，也隨著外婆進了墳墓。我不再到外婆家去了。過年過節，媽要我去，我也提不起興趣了。

但是，外婆的影像，在我的心中，並不因時間的風蝕日漸模糊，歲月彷彿是刻刀，一年比一年線條更深，形象更突出。那滿臉皺紋的慈祥的微笑和那挺直的脊樑，簡直令人不敢相信，她爲什麼能挺得那麼直，簡直令人不敢相信，她爲什麼會笑得那麼甜？眞懷疑她是個女仙人。

——本篇原載於《現代創作》創刊號，一九八三年十二月出版。

仙醫

一直到我能走十公里的路程在年節代表母親回娘家，我都只曉得有外婆而不知有外公。

有一天下午，我在店裏，看到有兩個人抬著一頂藍色的轎，在我們店子的門前馬路上放下來，轎裏下來一個人。他的打扮，和我爸爸、爺爺，差得太遠了。他穿著很深的天藍色的長袍，手縫的布鞋，頭上戴著瓜皮帽，這是在我生活的世界，從未看過的。日本官員、老師，當然不會這樣裝扮，所謂地方紳士，也不是這樣穿著，甚至代表古風敎漢文的林老先生、楊珍仙，也不是這種模樣。

在我小小的心靈裏，直覺的了解到，是一位不是做官的，不是和日本人打交道的・很偉大的人物。

他一手拿著摺扇，一手拿著黑亮的拐杖，提起長袍的下襬，一段段步下門前的臺階。

爸爸站起身來，使頭高出擺煙的橱窗，做出迎接的樣子。

他一跨過門檻，爸爸就抓了一把圓凳子，往櫃臺的外側一放，說：

「噢！去那裏啊？」

「去楊梅。」

「沒有在這裏歇一下嗎？我沒有看到。」

「快中午了，趕著去，我就沒有停下來。」

「我來倒一杯茶。」

「不用，不用！我馬上走。家裏，有人會來。」

他這才坐下來，問：「生意好嗎？」

「還可以。」

「阿三妹呢？」

「去種菜去了。」

「喝一杯汽水好嗎？」爸爸說。

「我不喝汽水。」

他轉身看看外面，不知是把目光投向田野，還是想念田野的盡頭，矮崗仔那邊遠方的老家。

爸爸站在櫃臺的門側，好像不知該怎樣招呼他似的。

我站在一旁，看到他深陷的眼眶裏黑色的眼珠，居然發出像他的衣服那種藍色的光，那眼神，彷彿可以透視東西攝入眼裏似的。

剛才走進來時，看他是個精神鋼鑊的老人，而此刻，他看來卻非常疲倦。

一會兒，他又忽然開口說：

「這孩子是誰？」

「是第三的啦。」爸爸說。

「叫什麼名字啦？」

「阿隆啦。」爸爸說。

「阿隆啊！我問你，上次回娘家，你有去嗎？（客家語）」

「有啊！」我說。

「是幾時？」

「半個月嘍。」

「有看到外婆沒？」

「有啊？」

「外婆好嗎？」

「很好啊！」我說。

「身體好嗎？」

「很好啊！」

他到此打住，不再問了，兩脚伸開，垂頭看著地面。

爸爸這才想起什麼似的，大聲對我說：

「你不曾看到。是你外公。趕快叫外公。」

「外公！」

我自信很大聲的叫了，只聽到外公在喉嚨裏嗯了一聲，緺緺的嘴，並沒有張開，也沒有抬頭看我。我是很希望他對我表示親情的。因爲我很尊敬他。像他這樣的外公，比作威作福的日本官員，不知要偉大幾萬倍。可是，他不肯給我親情，也不願接受我的親情似的。

我突然喊他一聲外公，對他，氣氛好像突然尷尬起來，他頭都沒抬起來，就站起身來，說：

「我走了！」

沒看我，也沒看爸爸。

「有經過這裏，就進來坐坐。」爸爸說。

外公嗯哼了一聲，分不出是回答還是咳嗽。就逕自走出去，上轎走了。

媽媽回來後，我跑到厨房，得意的說：

「媽！我看到外公哩！」

「噢。」媽並沒有什麼驚奇。

「外公是做什麼的？」

「做醫生啊！」媽突然得意地說，「醫術很高明哦！大溪、大園，四面八方的人都請他看病。你爸是個傻子，不肯去求他，請外公教他。不要教多，教一兩樣，就一輩子受用不盡了。」

「幾時帶我去外公那裏玩？」

「以後再說。」

過了好幾年，中壢的神社有個大熱鬧，媽媽才帶我去中壢。外公住在河邊的一條巷子裏，但是，屋子是紅磚的，雖然只一層，卻不是土磚壁的。一進，右側就放著一張八脚床，是肝漆的，連床前的上床用的脚臺都亮晶晶光可鑑人，外公就躺在床上抽著鴉片煙，使整個屋子瀰漫著香氣。

外公家，有一個女人，媽媽很尊敬他，要我叫她小外婆。

我到外公家，招呼完畢，就出去看熱鬧，看著年輕人抬著神輿，搖搖晃晃的在大街上表演神狂，一直到要吃午飯了，才回外公家。

外公連吃飯都沒有下床，由小外婆端到床上給外公吃。吃飯時，小外婆像外婆一樣，把鷄肉、鴨肉，夾到我碗裏來，使我幾乎找不到飯吃。好容易找到了飯吃了幾口，又夾來一塊肉，把「礦口」塞住了。

小外婆，很高興，一直笑不停，和媽媽好像有說不完的話。奇怪的是，小外婆很年輕，和媽媽差不多年齡。

外公沒有叫我過去講話，我也不知該向外公說什麼話。傍晚要回家時，媽媽要我去向外公告辭，我走到外公的床前，說：

「阿假公！我們要回去了。」

「嗯哼！」外公咳嗽一聲說，「跟你媽說，多回娘家看外婆，不要常常來這裏。」

以後媽就沒有再帶我們去外公那裏了，到中壢看過一次馬戲團，也是時間到才去，看完就回家，沒有到外公那裏去。

我再度拜訪外公家時，是在我進了師範學校以後。我突然發現到一種嚴重的小病。稍爲一跑，胸口就會熱起來，好像沸水在冒騰，也好像火在下面燃燒的鍋子沒了水，鼻翼乾得會出血。爸爸翻了幾天書，開給我幾服藥方，都沒有效。

爸爸認爲他已經沒辦法了，就叫我去找外公。

外公剛好在家，他聽我詳細說了症狀以後也沒說嚴不嚴重，更沒有說會好不會好，就在鴉片煙筒挖了挖，掘出了一些鴉片煙屎，指甲長得幾乎像半隻手指那麼長的手指頭揉了揉，揉成了征露丸似的丸子，叫我吃下去。然後，拿起毛筆，開了一帖藥方，叫我去抓藥吃。還特別叮嚀我：

「吃兩帖就好，不能多吃哦！」

抓了兩帖，吃下之後，胸熱的病，就完全絕跡，不再出現了。

我在學校，隔壁班同學中，有一個姓陳的，聽說是住中壢河邊。有一天，我試探性的問他：

「你認識巫仙子嗎？」

「怎麼會不認識？」他說，「在我家那邊，大人小孩，沒有不認識的。」

「噢？」我很驚奇。

我就老實告訴他，巫仙子是我外公。他很怪，不跟家人、親戚來往。

陳同學說：「他太太，不是你外婆對不對？」

「你怎麼知道？」我又一次驚奇。

「我是鄰居，他又是有名的人，我怎麼會不知道？」

聽陳的口氣，好像是他得意的常識似的。

我告訴陳，媽媽不肯告訴我小外婆的事。老陳便像講故事似的說起來了。

外公本來是在大溪行醫的，那時候，一個月回龍潭老家一次或二次。

後來名聲傳開了，大園、觀音海邊的人也來求他治病，一天，要去要回，路程太遠，就搬到縣中最中心的地方——中壢。

有一次，他出診回家路上，被認識他轎子的人攔住，求他下轎爲一個人治病。

他下轎一看，一個十八九歲的姑娘，已被棄置在地上，奄奄一息。家人只準備辦後事。

攔住他的一個婦人說：

「她家人都不想救她了。我有告訴她家主事的，可以請巫仙醫來看看。他們說：請過那麼多醫生了，什麼人也沒辦法了。我想，今天，巫仙醫會從這裏過，一定是她命不該死。拜託巫仙醫，給她看看，好嗎？」

他下了轎，走進病人家。

主人馬上說：「醫生，我先講好，我沒有錢請你哦！」

巫仙醫，這位不是急症不一定請得動的大醫師，居然好像沒聽到什麼似的，在病人身旁蹲下來。

主人又說：「那麼多醫生看過了，都沒有辦法，你會有辦法嗎？」

巫仙醫提起病人的手，小心打脈。

主人又說：「醫生啊！我沒有錢。有，也不想花在沒目的的事情上，如果你把她醫好，就給你做『使女』，服侍你一輩子。」

巫仙醫打完脈，站起來說：「這女孩不會死！你們不救，我來救。」

巫仙醫命令主人把病女放回床上。然後告訴主人，他沒有辦法每天來看，要主人派一個婦人服侍病人，要把病人，用轎子抬回到中壢的診所去。

主人說：「如果在你家死了，你要負責埋哦！」

巫仙醫還是請轎子把那病姑娘抬回去了。

十天後，病姑娘完全康復，巫仙醫又請了兩頂轎子，送病姑娘和服侍的婦人回去了。

三天後，姑娘卻提著包袱，回到巫仙醫的家。她聲明要服侍他一輩子，巫仙醫勸她不要這樣，她的心卻堅定如鋼，跪在巫仙醫面前，不俯允，她就不起來。

陳同學說：「你的小外婆，就是這樣和巫仙子一起住下來。從此，你外婆家的人，都不再來了，巫仙子也不再回家了。很奇怪的是，你小外婆的肚子，從來也沒有大起來過。他們到現在都沒有孩子。」

陳同學又說：「你外公對你小外婆很好，鄰居從來不曾聽到你外公在家罵你小外婆。聽到你外公向小外婆說話，都是低聲細語，很溫和的。小外婆對你外公也很好。除了料理三餐，灑掃內外，還爲你外公點煙、搥背、扇涼。只是，聽說，你外公年輕時，是很快活的人，有了小外婆後，就變得很嚴肅，不再笑了。」

我最後一次見到外公，是在外公治好我的病後不到一年的舊曆過年後不久。他居然坐在有遮篷的一輛卡車上，在別人的攙扶下，很艱苦的從卡車的載貨臺上下來。

「我要去新竹病院戒煙。」外公對爸爸說。

「有命令要戒煙嗎？」爸爸似乎很疑惑。

「沒有。」外公說，「配給很少，常常拿煙屎來抽，很難挨。」

「黑市的，不是有得買嗎？」

「不想再被人吃呆子（客家語，當傻大頭）了。」

「年紀這麼大了，戒它幹什麼？」爸爸想勸阻他。「錢關，有困難嗎？」

「我還會看病，」外公說，「錢銀沒問題。」

「我想，不要戒才好。」爸爸說，「年輕時沒戒，老了，還戒它幹什麼？」

「年輕，我不用戒，就是老了，我才要戒。」

爸爸一時不知道該怎樣回答，他好像聽不懂外公的話，茫然呆著。

「接不上，就很苦，戒下去，怕回不來。」外公說。

「既然這樣想，那就不要去好了。」爸爸說。

「就是這樣想，我才要去！我走了！」

外公用袖子抹了一下眼睛，又讓人扶上了車。

出門都坐轎的外公，坐在載貨的卡車上，在凹凸不平的石子路上，要顛簸一小時，那麼老的他，受得了嗎？

我目送他坐的卡車，揚著濃濃的灰塵遠去，心中被一抹不安的烏雲籠罩著。

不久，噩耗傳來了，警察沒有通知外婆家，也沒有通知小外婆，通知送達的地方，是我們家。

大家才有了模糊的了解，外公，巫仙醫，是自己選擇了死亡，至於他爲什麼要選擇這樣的死亡，那就不是他的親人、親戚的智慧所能揣摩的了。

我感到最遺憾的是，如果爸爸不是怕我染上了鴉片的惡習，不要讓我去讀師範學校，送我到外公身邊學中醫的話，外公就不會自己去選擇死亡了。

——本篇原載於《臺灣新生報》副刊，一九八四年一月八日出版。

阿球嫂

阿球嫂大概將近七十歲了吧。有一天下班回到家，媽媽就像有心事似的。走到我面前，像要說什麼，又走開。我在房裏換衣服，媽又出現在門口，看我沒出去，又走開了。我喊住她，說：

「媽！有什麼事嗎？」

「其實也沒什麼，我不知道爲什麼，忽然在意起來。你記得阿球嫂嗎？」

「記得啊！」我馬上說，「阿球嫂怎樣？」

「沒有怎樣，」媽說，「如果有空，去看看她。」

「好啊！」我很爽快地回答，「那麼老了，我也應該去看看她。」

媽這才微笑起來。

阿球嫂是我的老鄰舍，我生下三個月時，媽盲腸炎住院開刀，到媽媽的奶水恢復生產，我吃了阿球嫂個把月的奶。

照說，我應該喚她奶媽。可是，懂事以前，父母沒有特別要求我這樣叫她，我已經跟隨大家喊慣了阿球嫂，無法更改了。

阿球嫂這個名字很特別，村中大大小小統統不分大小、輩分，叫她阿球嫂。她好像很得長輩的尊敬。像我們小輩的，也叫她阿球嫂，好像她跟我們之間，沒有輩分的距離。她常笑嘻嘻的責備大一輩的和小一輩的，「沒大沒小」，大家仍不以爲意。久而久之，大家除了知道「阿球嫂」之外，沒有人知道她的名字了。在村中，女人要會獨立做什麼的，才會被叫名字，如做裁縫的阿五妹姊，剃頭的阿甜嫲，只有幫丈夫做事的，都沒有人知道她的名字。

我們搬離故鄉已有三十年了。小村子也變了。本來客運車牌，是在阿球嫂家門口，現在已移到隔了五十公尺前面的王家了。

我一下車就看到村中心的廟宇，改建了，高些了，也鮮麗多了，隔著一片田，就可以看到飛簷翹棟。還有，前排房子，有了兩棟鋼筋水泥的大樓，後排房子也有一棟高樓。特別引入注意的，是阿球嫂家，好像從前做倉庫、豬寮的地方，建起了五層的樓房，雄峙一方，氣宇非凡。

我正欲起步，看到一個老婦人坐在路邊王家的店亭下（走廊），是個頭髮全白的老婦。但從那瘦長的臉形，長長大大的耳朵，我就猜出來，是阿石婆。她跟阿球嫂差不多年紀，我們卻照輩分，喊她婆。

我走進去，她的掌店的孫子，不認識我，我也不認識他，店主就像平常招待客人一樣，喊一聲：「來坐。」

我沒有往店裏看，逕自走向老婦人。

「你是阿石婆嗎？」

老婦抬起頭來，深陷的眼睛，烱烱地望著我。

「你是誰，我想不起來嘍！」

「我是阿隆啊，來財的兒子啊！」

「哦！好久沒看到你了，怎會有空回來？」

「我想去看看阿球嫂。」

「多久沒看她了？」

「搬走就不曾看過。」

「那就坐一下，阿謙，搬一張凳子出來。」

那叫阿謙的孫子，搬來凳子，我也感覺老人好像有什麼心事要告訴我，便坐下來。

「你也眞有心，還會來看她，我記得，你吃她的奶，大概不到一個月。」

「我差不多忘記嘍，是我媽提醒我，叫我來看她的。」

「你媽是個很好的人，她每次來，都會順便來看我。」

原來我媽自己曾多次來看過阿球嫂。可是，媽不知爲什麼沒有先把阿球嫂的狀況告訴我。

「阿球嫂沒有我好命，不過，人很堅強。要是我，恐怕早就氣死嘍。」

「她兒子不是很會賺錢嗎？」

「阿隆啊！賺錢有什麼用？要有孝才要緊。阿球嫂啊，能聊天的，剩沒幾個了，如果沒上街，差不多每天下午都會來聊天，她脚健，我因爲脚不方便，不能去看她。她什麼都偷偷告訴我，只是說：我們老的知道就好，不要跟年輕的說。」

「怎麼不可以跟年輕的說呢？」我不明白。

「阿球嫂，人很聰明，比我精靈，她教我，年輕人要怎麼對待我們，都逆來順受，不要再引起年輕人對我們更多的不滿。」

阿石婆沒把我當外人，她把阿球嫂的遭遇一五一十地告訴我。

阿球嫂的大兒子成年後，因爲家境好，很多人來作媒，要把女兒嫁過去，可是，因為附近的女孩都是國小畢業，讀過高中的大兒子，都不肯點頭。後屋有一個女人從外地娶來的，讀過初中，結婚沒幾年，丈夫死了，就來勾搭她的大兒子。阿球嫂非常反對，大兒子不聽，把她娶過來，還帶來一個拖油瓶。

娶過門以後，阿球嫂就不再吭聲了，可是，媳婦卻懷恨在心，不洗她的衣服，阿球嫂只得自己洗。

媳婦對鄰居說，阿球嫂嫌她洗不乾淨，衣服不讓她洗。有人去詰問阿球嫂，阿球嫂便說：「自己還會做，要人家洗自己的髒衣服做什麼？」鄰居勸她，不要這樣孤僻，會害了媳婦的名聲。阿球嫂只好無奈地說，「好啊！以後她要洗，我不再反對就是了。」

可是，以後媳婦還是不洗她的衣服，她還是自己洗。鄰居又勸她，不要這樣固執。她只好說：「老人家，就是這樣孤僻，有什麼辦法？」

媳婦一年生一個，不幾年，生了三四個，又過幾年，孫子們都懂事了，由於母親對婆婆的不滿也感染到兒子的心理，孫子們都不喜歡跟阿球嫂一同吃飯，嫌她髒，說她夾過的菜他們不敢夾。媳婦就把阿球嫂吃的，像私菜一般，另外裝，吃剩的，就被倒入餿水桶。阿球嫂發狠，想離開他們。

這時小兒子已結婚，因和嫂子不合，搬開到城市去居住。阿球嫂便在小兒子的慫恿下，去投靠小兒子。小兒子住四樓，出門上下樓很困難，整天關在屋子裏，鄰居也都不認識，很冷漠，不相往來。勉強住了兩個月，又回到老家。

不久房子改建樓房，阿球嫂不想再受氣，就自己留在舊的矮房子，自己煮食，不搬過去。媳婦就告訴鄰居說：「她不喜歡她的孩子，不肯一起住。」

鄰居又來勸阿球嫂，阿球嫂說：「我沒福氣，不能享受那種屋子，地板滑，又要上下樓梯，我怕跌倒。」

阿球嫂開始自炊後，小兒子爲她買了一個冰箱，一臺電視，還有瓦斯設備。還每月寄三兩千元給她買菜。

阿球嫂這麼好的人，老來會有這樣遭遇，大大出乎我的意外。大兒子年紀和我不相上下，功課不好，人很任性，這是我所知的，但是，會爲了女人，對母親這樣不孝，這是沒想到的。

我走過那五層高樓時，從鋁門望進去，冷清清的，沒有人。

我走下臺階，到了比新樓矮一公尺的矮屋。門是半掩著，沒有鎖。

我敲敲門，突然感覺這種招呼不對，就推開門，大聲喊：

「阿球嫂有在嗎？」

「是誰啊？」

阿球嫂自言自語似的走出來。看來「訪客」對她是太陌生了。屋裏暗暗的，我看不清她，我背著光，她似乎也看不清我。

她走近了，我又再叫一聲：

「阿球嫂！」

「誰呢？聽聲音，卻想不起來。」

我要她驚喜，故意不說，退了一步，並轉過身子，讓光照清我半個身子。

「你敢情是阿隆！」

「是啊！我就是阿隆！怎麼還記得呢？」

「你媽對我那麼好，我怎麼會忘記呢？你怎麼有空來呢？你媽說你很忙。快到裏面坐。」

屋子是我熟悉的，還是老樣子，空蕩蕩的前廳，走過臥室邊的通道，就是廚房，走過廚房，就是飯廳，一張油漆脫落的木桌，四張板凳，就是飯廳兼客廳。

阿石婆說她兒子已經選上鄉民代表會主席了。

「你看，全沒變對不對？」阿球嫂說。

「是啊！怎麼不換新的呢？」

「我那大貨子啊，早就嫌舊，要我把所有的家具都換過，可是，這些用了那麼多年的東西，有感情啊，而且又還能用，怎麼捨得？他嫌我會失他的面子，我會解釋，又有什麼關係！」

阿球嫂看我有點疑惑，趕緊改變話題說：「先告訴我，做什麼頭路（職業）？賺錢沒有？」

我把我的職業、經濟、家庭狀況都詳細告訴她後，她又很想說自己似地說：

「我常常上街去買菜呢！」

「那麼辛苦幹什麼？」

她說不是辛苦，是運動。她上街要走四公里的路，她不坐車，她說，坐車要八塊錢，她出不得。從前一斤豬肉才幾分錢，七八個銀（元），她不敢花。走路去，走路回，不但對身體好，回來就吃晝（午餐），半天就可以打發過去。

下午，她就去找阿石婆談天，晚上看看電視，一天就過去了。聽起來，生活倒是挺簡單、挺快活的。

阿球嫂又告訴我，大家都對她很好，只有那個做廟公的，使她很氣。有一天她身體不舒服，到廟去求藥籤，廟公居然冷嘲說：

「歲數差不多了，還吃什麼藥？做到那麼討人厭，早死不是早解脫嗎？」

她咬著嘴唇沒有回答。回到家之後，禁不住哭了。她說自老貨子〔丈夫〕死那次以後，她都很堅強了，沒再哭過，這一次卻不知爲什麼，忍不住哭了很久。

說這話時，我看到她的眼眶潤濕了。

我們聊到快中午了，我說要告辭，她連忙阻止說：

「不好！不好！你難得來，要吃一餐再回去。」

爲了盡量使她高興，我留下來了。

她淘好米，開始煮飯後，說：

「我去拿些肉菜請你。」

我趕緊說：「冰箱有的東西就好，不必去別的地方拿，我很隨便吃。」

她轉過身來，說：「我是愛孤僻，逞自己健康，喜歡自己煮，其實我們並沒分，她們買的東西，我想吃，就去拿來吃，我買的東西，她們也常拿去吃。」

阿球嫂抽開廚房邊側門的門閂，便向通往新房子的樓梯走上去了。

才一會兒，就聽到樓房那邊傳來的聲音。

「你來幹什麼？這邊不要你來！」

「我有事情，干你什麼事！」

好像還沒發生爭執，一會兒，又傳來阻止聲：

「冰箱的東西不准拿！」

聽聲音，彷彿是喉音已變的，很大的小孩的聲音。

「我有客人，你知道什麼！」

「你的客人，干我們什麼事呢！」

「放手！你想要我跌死啊！」

「跌死就跌死，早死早好！」

「禽獸！別人給你留面皮，你自己不會爲自己留面皮。」

阿球嫂下樓來了，但是，在門那邊，站了很久，好像心情很難調適。

好一會兒，才聽到閂門聲。阿球嫂空著手回來說：

「她們，比我忙，大概兩三天沒去買菜了，吃得比我的還要空。」

「我是來玩的，不是來吃的，不必變什麼，有青菜就好。」

「沒關係，」阿球嫂說，「吃，我很會變。」

阿球嫂又說：「我來煮菜，你去看電視好了。」

我說：「我對電視沒什麼興趣。」

「那更好，那你就坐在那裏，我一邊作菜，一邊跟你聊天。」

我站起來，走到可以看到她的地方。

阿球嫂雖剛才受到叫人禁不住憤怒的委屈，現在還是像款待遠遊歸來的兒子似的，滿臉微笑，很愉快地工作著。

一會兒，她像我喝酒醉的朋友似的對我說：

「阿隆！我唱條山歌給你聽，好不好？」

眞是太好了，阿球嫂居然會想起唱山歌，居然還能聽阿球嫂唱山歌。阿球嫂的山歌，是村中最有名的。年輕時，在山上採茶，常常跟田裏的男人對唱，她的歌詞是隨口編的，不是背的老歌詞。

親人太親也沒親
無親愛親便成親
親親小事心中記
似親非親堪慰親

阿球嫂的歌聲依舊韻味十足，但是，聽後卻想哭。

她笑著問我：「好聽嗎？」

我無法掩飾。只好說：「我很感動，感動，我就會流眼淚。」

不爭氣的我，惹得阿球嫂也用袖子擦眼淚了。

吃過飯後，又聊了很久，我才告辭。

請阿球嫂留步，她不肯，一定要送我上車。

我們一同走到招呼站牌，車子還沒有來，我們又聊東聊西的閒談。

「我雖然很忙，我會再來看你。」我說。

「沒空，不要勉強，我很好，有哪裏不好，我會托人告訴你媽。」

車子來了，她像要和戀人分手似的，臉上出現了依依不捨有點茫然的神情。

車子開了，我違反安全，把頭伸出窗外，看她一直站在路旁到她的影子在我視線中變得很小、很小了，還在揮手。

我坐在車上，心情很沉重。阿球嫂，由於她的堅強，要承受痛苦，恐怕是她的堅強難於負荷的。

——本篇原載於《臺灣時報》副刊，一九八七年四月二十一日出版。

泥

這個孩子到作文班學作文，是已開課以後的事。

作文老師的學生，現在在當老師的，給作文老師一通電話：

「老師：我有一個同事，有個孩子，唸五年級，希望送到你那裏學作文，現在，還能不能收啊。」

各班都已經滿額了，但作文老師說：「好吧！是你介紹的嘛！叫他來吧。」

「可是，老師！是個很頑皮，不肯念書的孩子，人倒是挺聰明的，可以嗎？」

已經答應在先了，也不好意思不到一分鐘就改變態度，作文老師也有自信，不管怎樣不肯念書的孩子，他都有辦法使他對上課發生興趣。

他來了，自己拿著錢來，介紹人沒來，家長也沒有出面。

這情形，有一點跟別的孩子不大一樣。作文老師也沒多問，就讓他坐下來上課。

這個孩子，可不是普通的孩子，由於上學校，就不太喜歡，功課不好，家長有錢，因此，每天放課後，又參加家教課業輔導班，星期六下午，又參加書法班，繪畫班，晚上又上英文班。現在，星期天，又加了作文班。

他什麼班都不想上，但他並沒有反抗父母的意志，他並不是一個會反抗的孩子，他只是不滿父母的安排，他只是不明白，他爲什麼要受那麼多苦。

第一次上課，他並沒有搗蛋，只是不注意講義，作文老師以爲他還不知道他上課的習慣，一次又一次地提醒他。開始寫的時候，他第一個交卷。一看就知道，不是沒有聽講，就是故意胡謅的，而且一面才一百字的本子，一面都沒有寫完。

作文老師並不知道，這是他軟弱的性格所能採取的唯一的反抗。

第三次第四次之後，儘管作文老師每次上課都特別注意他有沒有專心聽講，他還是不肯聽講，開始跟鄰座的同學玩起來。

所講的地方，並不是枯燥無味的，所用的講法，是經過設計，能引人入勝的，另外十八個學生都側耳傾聽，嘴邊露出微笑。只有和他同座的左右共三個同學，不顧老師的熱心，在玩，在講話。

這位作文老師上課，是絕不可能發生這種事的。再加上一直特別注意這個孩子，他的一舉一動都全看在眼裏，使作文老師抑壓不住要冒出來的火氣。

但他是五十歲的老人，教書已有三十年經驗，定力很夠，脾氣也好。

作文老師叫左邊的同學，不要跟他玩。被叫到的同學抗議說，是他作弄人家。

作文老師又叫他右邊的同學，不要跟他講話，右邊的同學也抗議：人家不跟他講，他一直要跟人家講。

作文老師的心頭，忽然閃過一種意念：「這種孩子，眞不想教。」因爲他的聲音，他的動作，他的不安靜，已嚴重地影響到全班的上課情緒。而且大家上課聚精會神，只有他在鬧。

作文老師忍無可忍了，採取最後通牒的方式，警告說：

「再動，再說話，我就警告你，不要被老師叫到第三次你的名字，被叫到第三次，你就要到後面去坐。你自己不上課沒關係，但不准你影響別人上課。」

他以無奈的眼神望著老師，沒有說話，嘴唇微微動了一下，但牙齒都沒有露出來。

好像耐不住不想聽，又不能做什麼的無聊，他又作弄左邊的同學。

他被警告了一次。

他的眼睛出現半邊以上的白，露出無言的抗議。

一會兒，他又受到警告，老師還特別告訴他第二次了。再一次就要一個人到後面去坐。

他爲什麼要受處罰，爲什麼老師要特別注意他？老師說的話，眞的會實行嗎？他心中有很多懷疑。他也有點想試試這位老師。因爲別的老師，爲了補習費，並不敢對他怎樣。雖然他也知道，這位老師很好，和其他補習老師不同，但他覺得，他並沒有必要一定要認眞上他的課。這個老師，使他有一點怕，看來蠻認眞的。但是，要不講話，不玩，很難。

他的手，又不知不覺伸向前去，拔一個女生的長髮。

女生驚叫起來。

這使他自己都嚇得小口都張開了。

「到後面去！」

作文老師嚴厲地下命令了。

他坐著沒動。他怕一個人在後面會更無聊，他不願意接受這種屈辱。

「到後面去！聽到沒有？」

他的雙眼皮撐開到極限了，眼睛顯得很大，白的部分似乎擴大、突出，黑的部分縮小而陷深了。

「這孩子！眞不想教！」作文老師的心頭，又閃過這個念頭。

無論如何，爲了一個頑皮的孩子，就搞壞一個班級，是絕對不允許的。這個孩子要怎樣，隨他去吧。說出去的命令，是非執行不可的。作文老師走到他面前，伸手去拉他，說：「到後面去！」

「我不要！」

他終於說出內心想說的話。他不是要反抗，他只是不要到後面去。他把手舉到下巴，護著自己的臉，身體向後退，椅子都動得發出聲音來了。作文老師在氣頭上，覺得這個孩子，敢做不敢當，實在可恨，在忍無可忍之下，舉起手來，在他護臉的手肘上，用力打了兩下。

在凝重的氣氛下，總算安靜地上完這一堂課。

學生開始作文的時候，作文老師坐著，閉上眼睛思考。

大概有二十年了吧，他很久很久不曾打過學生，到高中去執教以後，他就不再打學生了。他也有辦法在不到幾分鐘之後，就可以使學生認眞聽課，根本用不著動氣。他上課都是帶著微笑，教得很快樂的。

今天爲什麼要像破戒似地打人呢？

這孩子，也有他堅強的一面，眼淚是流出來了，默默地用手去擦，他還是不看講義，眼睛一直看著他。但一遇到他的眼神，就垂下眼皮，低下頭來。但那白的部分，看來幾乎佔了二分之一以上的眼睛，看不出有怒氣和恨意。令人感到的只是滿臉的疑惑。好像在問：

那麼溫和的老師，怎麼會打我呢？

作文老師想，這孩子，今天學完之後，大概不會再來吧。這樣，對介紹他來的那個學生，現在已經像忘年之交的朋友的，就很不好意思了。

不過，事情已經到這步田地，要怎樣，也只好隨他去了。雖然補習費沒有人中途退錢的，如果他不再來，作文老師也準備退錢，這樣，也應該沒什麼可怪怨的了。

但是，有一份拂不掉的影子。閉在眼睛時，所看到的那個學生的樣子，是一種黑白的照片，像靈堂掛的那種樣子。

作文老師趕忙張開眼睛，看到那個孩子還沒走，趕快說：

「辛嘉陵！交卷以後，不要走，留下來，老師有話跟你說。」

他這一次，根本不必特別留下來，他是最後交卷的。

交出卷子後，作文老師叫他隔著桌子坐下來。

「老師是和別的老師不一樣的老師……」

他聽了第一句話就點頭，好像他已經知道了似的。

「別的老師，只要有學生來，只要能收到補習費就好，老師不是這樣的老師……」

他又點頭。

「補習費，並不便宜，父母親要賺錢，並不容易。父母花了那麼高的費用，如果沒有學到東西，是對不起父母親的。……」

他還是點頭。

「老師並不是隨便把時間混過去的老師。老師上課很認眞，你應該知道……」

「我知道。」

他終於講話了。

「老師收了你的補習費，而且你知道，這裏的補習費，比別處多些。老師收了兩千元補習費，就想在你的心中、腦子裏，放進比所收的兩千元更多的、價値更高的東西，要使你一輩子受用。只要你認眞學，老師一定有辦法做到，你知道嗎？」

「我知道。」

「老師並不是爲了錢在教你們，這裏不是普通的補習班，老師是以自己的能力，爲你們、爲社會服務。別人都以爲老師是爲了賺錢，但是老師並不是像一般人所想的那樣。

學生如果不認眞上課，學生如果不進步，老師是會很難過的，收你們的補習費，也會很不安的。所以，老師要求你們認眞的學習。並不是老師不認眞要求你們認眞，只要求你們和老師一樣認眞。」

「好。」他說。

「父母交給你補習費，你就要爲父母要你學到東西的好意，努力學習。你把補習費交給老師，老師接受了你父母的委託，就有責任讓你學到東西。老師盡量努力使你們在快樂中學習，在學習中能享受到很多的快樂，減少學習上的痛苦，你們認眞學習，也會給老師很大的安慰和快樂。你知道老師的意思嗎？」

「我知道。」他又說。

「只要認眞學習，老師會使你喜歡作文，老師也有辦法使你會作文，你相信嗎？」

「相信！」他斬釘截鐵地說。

作文老師站起來，摸摸他的肩膀，送他走出教室。

這一期還沒有結束，他終於作出九十分的成績，寫出了夠水準的，可以向外投稿的文章了！

這一期結束，下一期開課前，辛嘉陵的父母，雙雙來提前報名。

作文老師說：「嘉陵的作文，有進步吧！」

「太好了！太好了！」嘉陵的爸爸說。

「嘉陵不但作文不再頭痛了，所有的功課也好了，所有的補習，也都很認眞上了。」嘉陵的母親說，「說他不錯了，他還跟我們說大話，說：『我只是不念而已，我本來就很聰明的。』他對讀書的態度都改變了。」

他們說，知道自己的孩子是什麼料子，以前都不敢去見老師，連要參加補習班，都託人講交情。現在，他們才敢拜訪老師。

開課的時候，辛嘉陵來了，作文老師特別問他：

「這一期，是爸媽要你來，還是你自己要來？」

「媽媽說，補那麼多種，我很辛苦，錢也花費太多，要我減少幾樣。我就把每天放學後的課業輔導，還有美術、書法都停了，我只選老師的作文班，我要先把作文學好些，以後再學別的。」

作文老師聽了雖然很高興，卻有一點不能完全放心的，便說：「可是，你只有學作文、別的功課不好是不行的哦！」

「老師放心好了。」他很自信地說，「我一定會把學校的成績單拿給老師看，讓老師放心。」

很意外地、完全違背自己的修養，體罰了一個學生，竟然使一個學生完全改變過來，到底該責備自己呢？還是該歡喜呢？這位作文老師，也搞不清了，心中只看到攪成一片混濁的水池，現在完全沈澱、完全清澈了，水中又映著美麗的天空和池畔山林的倒影，只是優游的群魚下面，還可見到黃色已不再動的泥，水面岸邊，還浮動著一絲絲、一點點濁過的痕迹。

——本篇原載於《臺灣新生報》副刊，一九八七年四月四日出版。

冰姑

先到辦公室，把課本放下，正想到教室去，看看早自修的秩序，訓導處的工友，匆匆忙忙跑來，慌慌張張地喊著：

「林老師！電話。你的學生受傷了！」

急忙跑到訓導處，拿起了擱在電話機旁的話筒。

「喂！我是林鍾隆。您是那裏？」

「我們是宏仁綜合醫院。你的學生王美惠受傷，送到我們這裏，請你馬上來。」

「好的。請先治療，我會負責，我馬上就去！」

叫了一輛計程車，趕到醫院，美惠已送入手術室。

我不能進去，跑到急診處，問一個醫師。

「不太嚴重。」醫師說，「右手腕骨斷了，左肩鎖骨也斷，其他只是擦傷而已。」

「手術要多久？」
「頂多一個鐘頭。」
我想通知她的家人，打電話回學校，從學籍資料中，查到她家的電話號碼，再打電話到她家裏。
奇怪。電話沒有人接。
再到手術室看看。
手術室的門開了。一個護士走出來。
「手術怎樣了？」我急忙上前問她。
「沒什麼。」她毫無表情地應著，「快好了。」
我在沙發上坐下來，等一會兒。掏出煙來，打發心情。
還好，病人很快就推出來了。
右手腕上了石膏，左肩纏上了厚厚的綳帶。沒有麻醉，美惠的兩眼還亮亮地開著。
「美惠！」我搶上前去。
「老師！」
美惠伸出了右手，眼淚馬上滚出了眼眶。
「手不要用力！」醫生立刻警告。

我輕輕握了握她的手，就把它放回到腰邊。

到了病房，在床上躺好，醫生護士都走了。

我掏出手帕，印乾了她的眼淚。

「不要哭！堅強些。醫生說，不嚴重。」

「好的。我不哭！我一直都沒有哭。是老師來了，我才哭的。」

美惠欷欷兩聲，眞的不哭了。

「怎麼會受傷呢？」我柔和地問她。

「是一輛摩托車，從卡車右邊超車，車把兒碰上我的。」

「現在，肩和手，還痛不痛？」

「還很疼。」美惠說，「老師！今天不要回學校上課，在這裏陪我好不好？」

「老師會看護你的。今天只有一堂課，我只回去上那一堂課，其餘的時間，都在這裏陪你。」

「老師！因爲我爸、媽前天才出國，現在家中只有我一個人。」

「難怪我剛才打電話到你家，沒有人接。」我說。

「老師！」

叫了一聲，美惠又伸出左手來。

「醫生說，你手不能用力。」

我先警告她。但我曉得，這父母遠在國外的孩子，需要依賴。

我輕輕地握著她的手，對她說：

「爸爸媽媽不在身邊，也不要擔心什麼，要什麼，想什麼，儘管告訴老師，就像你平常跟媽媽爸爸撒嬌一樣，讓自己跟平常沒有兩樣，你就會快樂，就不會缺少什麼，能嗎？」

「好的。我儘量聽老師的話就是了。可是……」

「可是什麼？」

「醫生說，我左手不可以用力，右手又不能動，尿急了，怎麼辦？」

「好！好！就這樣，不要顧慮什麼，什麼都告訴我。」我想這是消除她心中顧慮的好機會。「我會叫護士來幫助你，在這裏，沒有解決不了，要病人擔心的事情。」

「老師！您跟我爸爸的歲數一樣大，只是，我爸爸沒有白頭髮。」

「那，我就是比你爸爸大了。」

「不過，排在一起，老師看來，比較年輕。」

「那，你爸爸和我，還是一樣大啦？」

「老師！這樣躺在醫院裏，您想，我懷念什麼？」

「想爸爸、媽媽，對不對？」

「不對。再猜猜看。」

「那我就猜不到了。」我說，「是不是想同學？」

「不很對。」

「那一定是想一個同學啦。」

對這謎，我倒有一點興趣了。我有猜中的把握了。

「您猜，是誰？」美惠好像忘了自己的傷和疼痛了。

「嘿嘿。」我笑笑，慢條斯理地說，「那，一定是，冰姑，對不對？」

「耶？」美惠的眼睛瞪大了，驚異得想彈坐起來，又因疼痛，躺了下去。「老師！您怎麼知道她叫冰姑？」

「你們都知道，我怎麼會不知道呢？」我說，「你不是爲了『冰姑』這個綽號，常常跟人吵架嗎？」

「耶？」美惠又驚異得眼睛睜大而不動了。「老師怎麼知道呢？」

「爲你抱不平的同學會告訴我的。」

「說眞的，老師！冰姑這個綽號，實在太絕了。」美惠又跟與人吵架的時候一樣不知不覺興奮起來了。「雖然，取得可以說，沒有比這再好的了。可是，她，才不過十八歲，怎麼可以叫姑呢？看來比同學老氣，是不錯的。一直冷冰冰的，好像沒什麼感情，也是實在的。可是，這樣明顯的讓她知道她是那樣的人，那多傷她的心啊！」

「所以，人家說『冰姑』的時候，你就罵人，跟人吵，對不對？」

「我因此跟好幾個同學沒講話。可是，老師！你猜坐在我旁邊的琦淑，竟然對我說什麼？」

「她說：誰叫你多管閒事！活該！——對不對？」

「老師！您簡直像偵探嘛！你怎麼這麼厲害？」

「老師還知道，你不知趣。」

「怎樣不知趣法？」

「有人在琦淑背後，說她冰姑，你就罵她們不要在背後說人，你說，有膽量，就到琦淑面前去說。」

「是的。我這樣講過她們。可是，我心情激動，講話太大聲了，被站在遠處的琦淑聽到了。您猜，上課鈴響，我在她旁邊的座位坐下來，她對我怎麼說？」

「她說：以後少管我的事！她還勸你，不要爲自己製造孤獨。」

「還有更厲害的話。這一回老師可不知道了。」美惠有點要眉飛色舞起來了。

「如果我知道呢？」我說。怕自作聰明，傷了她的心情。

美惠輕輕吐了一口氣，說：

「我想，老師可能還是知道的。還是老師先說吧。」

「她說：美惠！我是孤獨的，但是，即使你也孤獨了，我也不是你的朋友。」

「老師！你說，我傷心不傷心？」

我搖搖頭。

「我不傷心？」美惠在兩隻手上都用力了，手稍稍上舉，又垂了下去。「老師只關心琦淑，沒關心我。」

說著，把我當爸爸一般，把臉轉開了。

「我知道，你的心沒有受傷。」我緩緩地說，「你以後，在一個中午，又夾了一塊漢堡牛肉，要給她。」

「那是我媽，照書上的說明做的，非常好吃，我特別多帶了一些，準備給她的。」

「可是，她說，她不稀罕那種洋玩意兒！」

我故意笑笑，裝做不信的樣子。

「老師不相信，我眞的氣得半死嗎？」

「你沒罵人，也沒有流眼淚，你還替她繳了增收的四十元班級費。」

「老師！您想，我這樣做，碰了什麼釘子？」

「這回，讓你自己說了。」我說。

「還是老師說吧！」

「我想聽聽你的口氣。」

「我會儘量學得像一點。」美惠說。抿著嘴唇，眼珠向上翻，看著後面的天花板。一會兒才說：「她看到事務股長的公佈，全班收齊了，就去質問，是誰替她交的。知道是我，就大聲叫：美惠！出來！我有話跟你說！我跟著她，走到走廊外的花圃，她就說：你有錢，我知道。你有錢，可以捐兩份、三份……十份，你憑什麼假借我的名義！別以爲你對我做了好事，我沒叫你做，我也沒欠你的。說完，她就丟下我，走進教室去了。」

「你說的，跟我聽到的一樣。你的口氣，還眞有一點像琦淑。」我稱讚著說。

「老師！您該去上課了！」美惠提醒我。

「不錯。差不多了。」我說，「不過，我要先跟你做個約束。」

「約什麼呢？」美惠想不透我葫蘆裏賣什麼藥。

「我給你擦乾淚以後，你就一直沒哼，沒哭，老師離開一小時，也不准流淚、傷心。能嗎？」

「我會不停地想東西，我不會哭的。」美惠笑著，蠻有自信的。

「我會向同學報告，讓同學放學後都來看你。」

「不要！」沒想到美惠會反對。「只要說，我怎麼受傷，傷了那裏，在那個醫院，這樣就好。要來不來，隨她們，不要命令他們來。」

「你不要給琦淑難堪？」我猜，她怕琦淑不來。下命令，對琦淑不好。

「不是。我怕別的同學。」美惠說。

「噢！」我這才恍然大悟。「是那幾個跟你沒講話的。」

「正是。」

「我知道了。」我說，「那，老師就照你的話做——聽你的吩咐。你，也要聽老師的吩咐，照老師的話做。」

「我沒有違抗過老師。」

我伸出小指，勾了勾，才離開病房。

上完一堂課，我什麼事兒也沒做，就直接回到醫院。

「老師！」我還沒到床邊，美惠就說，「要不要問護士，我有沒有哭？」

「不用了！不用了！」我在床邊的椅子上坐下來。「如果，沒有同學來看你，你會不會難過？」

「我不會。」

「眞的？」

「有一個人，一定會來看我的。」

「你有自信？」

「只要她來看我，我這一場無妄之災，就算値得了。」

「因禍得福？」

「不敢說是福，只是想著那一場快樂。」

美惠的目光，像沒有焦點一般茫然望著這方。看她那麼出神，我的心情，不知不覺沈重起來。

如果早些知道，還可以私下裏勸勸琦淑，請她勉爲其難來一趟，現在，我不能再找什麼理由離開醫院回學校去。除了聽其自然，一切都沒辦法了。

可是，琦淑的脾氣那麼強，她又不會有錢買慰問品，要她來，不是那麼容易的事。

「老師！您怎麼愁容滿面了？」

「你的傷，不叫人擔心。你的心理，可叫人不能開朗了。」

「老師擔心，我盼望琦淑來探視，一定會失望？」

「我不這麼說。」我愼重地說，「我要你想，她不會來。這樣，她不來，你不傷心；她來了，你會得到意外的歡喜。」

「我想她會來。而且，我現在，就只期待那一件事。我不怕失望。我承受得住失望。

老師不必擔心。我的期望，很熱切。爲什麼?我也不知道。」

「這件事，你不聽老師的?」

「不是不聽。」美惠辯白著，「老師和我的年齡不同，心理成長，還沒有到老師那種練達的地步。」

「這樣，老師就不能放心了。」

「不談這個。」美惠忽然換了話題。「老師，我告訴您，琦淑的秘密。」

「會有什麼秘密呢?」

「老師就是到她家去訪問，也是問不出來的。」

「噢?」這倒使我很驚奇。

「琦淑是個沒有爸爸媽媽的孩子。」

「她有啊!」她的資料，我看過的。

「老師!您聽我說。」美惠蠻有耐心似的。「她的爸爸，在她三歲時，就死了。隨著媽媽嫁到現在的爸爸家，七歲時，生母又死了。現在的母親，是她母親死後再娶的。雖然，現在的爸爸認了她做女兒，改姓他的姓，可是，生身父母，都不在世了。」

「眞的?」

「所以呀，」美惠又意猶未盡似地說，「除非有收據，可以拿回去報帳的，不然，她一概不交。旅行，不去，也是這個原因。」

「噢！」我說，「沒想到，受傷的學生，在病床上，還給健全的老師，上了一課。」

「這，我都沒告訴任何人。」

「難怪，只有你，對琦淑，與衆不同。」

我們又聊了一些，與琦淑無關的，別的事情。這嬌生慣養的孩子，一點也不拘束。

快到放學時間的時候，我又再提醒她：

「對琦淑的期望，不要太大。」

「老師的好心，我知道。」

「不要惹事傷心才聰明。」

「我已經下了賭注了！」

「那你就要有承受得住的堅強。」

「我有的。我雖然嬌生慣養，並沒有養尊處優的毛病。」

一會兒，同學們來了。嘰哩呱啦的，幾乎要把天花板都衝掉。幸虧，另外兩個床，沒有病人，可以任她們去鬧。

最熱的話題是，不知那個先想到的。要美惠認老師做乾爹。

在鬨鬧聲中，美惠和我，都一樣，另外分心，用心找著琦淑的面孔。

美惠以爲不會來的，沒講話的同學，也全來了，只有以爲一定會來的琦淑沒有來。

等到同學們都走了，病房中，沈寂下來時，我故意不說話，靜靜地望著美惠的臉。

美惠調皮地微笑著。

「你裝笑嗎？」我問她。

「我從來不曾裝模作樣。」

「你不難過？」

「不會。」

「爲什麼？」

「琦淑一定會來的。」

「還在期待？」我不能不驚異。

「嗯。」美惠點點頭。

「你以爲可能嗎？」

「我有預感。」

我眞擔心，完全失望時，美惠心裏，會有多大的傷痛。

天已經黑了，當然，琦淑沒有出現。

我已經打電話回家去，請我內人，晚飯後，到醫院來換班。夜裏，還是由女人陪伴，比較方便。

內人吃過飯，馬上就來了。趕到醫院，才七點鐘。我向內人報告，每次來家裏，有怎樣表現的，就是美惠的時候，忽然瞧見，美惠的眼睛，向門口望去，微笑地聽著我的話的，笑容忽然收斂了。

我停下了沒說完的話，轉身向門口。

站在門口的，是眞眞實實的琦淑。

「嘿！琦淑！」美惠大聲叫起來。「我一直等著你！我等到你了！」

「老師！晚安。」沒有回答美惠的話，琦淑先向我們招呼。「師母晚安！」

然後，才輕輕走到病床邊，看著美惠，一會兒，才小心翼翼地說：

「我知道你爸爸媽媽都不在家。」

「你來看我就好。」美惠說。沒有剛才那麼天眞了。

「老師陪你，不太方便，我想來陪你。」

「我知道你會來。」美惠望我一眼，說，「我跟老師說過，你一定會來的。」

「琦淑！跟你父母說了沒有？」我特別問問她。

「得到他們的許可，我才出來的。」琦淑說。

「那就讓你們聊了。」我看著琦淑說：「注意看美惠，有沒有偷偷流眼淚。」

「已經哭了！」美惠說。

果然，淚水已在燈光中，亮著滾出了眼角。

我還是掏出手帕，擦了擦美惠臉上，淚濕了的地方，像她爸爸可能做的那樣做了。

「謝謝你們——」妻笑嘻嘻地向她們說，「讓我們老夫老妻，又有一次併肩散步的機會。」

——本篇原載於《中央日報》副刊，一九七八年三月二十五日出版。

著作等身的林鍾隆

鍾肇政

戰後方學習中國語文的省籍作家當中，林鍾隆是開始寫作最早的一位，他的處女作在他就讀臺北師範學校三年級時就寫成發表，時在民國卅八年。在以後的十七個年頭的漫長歲月裏，他從來也沒有停過筆，始終如一，而且維持著一定的產量，這種毅力，這種恒心，是今天林鍾隆成功的最好註脚。

他是桃園縣楊梅人，曾當了幾年國校教師，高考（教育行政人員）及格後就改任中學教員，以後並參加試驗檢定取得高中歷史教員資格。在寫作上，他大概可以稱之爲「全能型」作家，寫詩，也譯詩；寫散文，也譯散文；童話的創作與譯作也不少，小說當然也是寫與譯並行。不過近年以來主要多是小說的創作，短篇爲數不少，中長篇作品也偶見發表，此外有關教學的文章也很多。「著作等身」，林鍾隆可以當之無愧。

筆者個人以爲林鍾隆大概可以歸之於「才子型」的作家，他的小說大多以文字簡鍊流暢，佈局明快緊湊，故事曲折動人取勝。讀他的作品，往往都被牢牢地吸引住全神全靈，非一口氣讀完便不忍釋手。我們讀他的有關作文教學的指導性文字，分析技巧，剖解義理，另具隻眼，可見他的造詣深湛，實在不同凡響。特別値得一提的是長篇少年小說《阿輝的心》，此文曾在小學生月刊連載，刊完後由該社印行單行本，大爲轟動，不單書暢銷，而且還被改編成兒童木偶戲，由電視公司長期播演，吸引住無數的老少觀衆，並且也曾由電臺選播，不管從此書的內容來看，或從風行情形來看，都可以說開創了我國兒童讀物的新局面。

林鍾隆尙有一篇短篇小說〈波蒂〉，寫的是一隻狗的故事，在中央日報發表。林語堂和鍾梅音曾分別爲文公開發表言論，特別加以推許，可以說是林鍾隆的短篇代表作了。但是，也有人認爲此作題材雖好，但發揮得並不充分。對一篇作品有仁智之見，本來也是極平常的事，不過這也恰巧代表了觀察者所看到的林鍾隆的文風的兩個面。其一是如前面所述的文字簡鍊流暢，佈局明快緊湊，故事曲折動人，另一則爲對人心的剖析的未能深入。從本質上而言，文學的問題並不僅僅止於文字、佈局、故事等要素——甚且可以說，這些都只不過是技術上的，非必需的。筆者不能，也無意在這篇小文裏強調或詳述這一點，不過應該一談的是林鍾隆已經注意到這些，從〈死亡邊緣〉，我們很容易地就可以看出林鍾隆正在努力的方向。

林鍾隆在中學教歷史，也教國文，工作相當繁重，不過他有美麗而賢慧的好內助，她也是一位站在教育崗位上的老師，唱隨之樂是可以想見的，膝下已有三個小孩了。他目前正當盛年，由許多往例來看，也應該是創造力最旺盛的時候，更好更多的作品必定會源源產生。

最後，不能已於附帶一言的是關於《阿輝的心》的出版情形。最近筆者有幸在一個座談會上與林太太同席。我問她《阿輝的心》一定得了不少版稅吧，她竟說分文未得，改編電視木偶戲也沒有應有的版權費。後來鍾隆把〈死亡邊緣〉稿及一些資料寄來，我便去信詢問有關此事的詳情。我以爲這不僅僅是鍾隆個人的事，是不能不寄予最大關切的。承他函告，《阿》書只連載時得過並不算十分優厚的稿費，以後就沒有任何權益費了，甚至連一紙出版契約都未訂，詢問銷售情形也不得要領。這情形眞令人驚詫，咱們出版界不付版稅者有之（即所謂買斷者），盜印猖獗，付版稅的也爲數戔戔，故隱銷售量者亦頗不乏其例，紊亂情形到了不堪聞問的地步，但《阿》書出版情形卻似乎又開創了一種新例。鍾隆說他不在乎這些，然而刊物也好，出版社也好，作品是他們所以賴以成立的首要條件，對供應作品的作者出以這樣的態度，是十分令人驚異的。目前我們的出版物由於市場有限，作家們如果斤斤於此，反而有失風度，並且我們傳統觀念上似乎也不宜多所爭取。然而當我們想到將來一旦市場擴展到百倍千倍於目前的時候，我們便不能等閒視之了。

再者：關於改編電視木偶戲，鍾隆也說事前毫不知情，到底是電視公司主動地看上了《阿》書，然後加以改編，抑或是有人自動地改編了，投寄給電視公司，他也不明白，權益費更是分文未得。電臺廣播，甚至事先連向作者說一聲都沒有，遑論權益費了！看樣子，電視與廣播界似乎認爲改編或播放某一部文學作品，乃是對作者的一種施惠，作者們應該感激涕零，引爲光榮的。寫到這兒，似乎也沒話可講下去了，還是打住吧。

從〈粉拳〉觸探林鍾隆的意境

司馬中原

作家林鍾隆在小說的墾拓上，一向是辛勤而嚴肅的，他的作品，筆觸清淡玲瓏，善於掌握現代人在生活上、感情上最細致的部份作爲他抒寫的題材，表現出多面的人生意趣。通常這一類的題材，如非作者別具慧眼，以及高度的靈思，是很難捕捉到的，即使捕捉到了，沒有高度純熟的技巧，也表現不出那種意在言外的情韻來。林鍾隆不愧是個中高手，他的作品，確具化平淡爲神奇的力量，自然貼切，妙趣橫生，但卻隱藏在他淡淡的筆墨之中，這種含蓄之美，讀來使人渾然陶醉。

有些人習慣把時代性、社會性強，衝擊力巨大的題材，看成小說作品的基本重量，這種觀念似是而實非，事實上，凡屬反映人生，深入人性底層，而在藝術融鑄上夠得上精純的作品，都具有同等的重量，林鍾隆在這方面的表現，毋寧是更爲出色。〈粉拳〉這個短篇，寫一個鰥夫，在失去妻子後的寂寞，他妻子生前的女友淑芳—已婚，常來照顧他的生活起居，淑芳只緣於關心和同情，男主人報以感激，一切都很正常，並有著友誼的芬芳，他和她之間似乎存在著極爲微妙的情愫，但都緊守著界限，僅僅在有意無意間，湧溢出一些涓滴來，這些涓滴都是基本人性的湧現，作者不去誇張它、品評它，只透過一些生活上嘈嘈切切的喧呶，自然的顯呈了它，從語言情態，去反映和暗示人生的生活和心理，技巧之高妙令人擊節。

〈粉拳〉自始自終，見不到正面的、著力的心理描寫，但人物的意識和隱隱流露的感情，都隨著墨瀋流溢，使人心領神會。

女主角淑芳，是個眞純、多感而略帶嬌憨的女孩，婚後的平凡生活，常有些小小的微瀾，因此，常向她已死女友的丈夫吐訴，更由於同情對方喪偶寡歡，產生了一絲暗暗的移情心理，對方承受了這份感情的溫慰，卻抑制著它，使這份情愫不逾規矩，不悖乎禮義。

我們看男主人的愛妻逝世後，淑芳來他家，幫他整理雜物，淸洗堆積的碗筷，她穿著紅色絲絨旗袍，男主人怕她衣服弄髒，摘了圍裙，彎手從她前面繞過去，抓住帶手，從後面替她繫上。在他是無心的，而她內心情潮起伏竟然掉下淚來，更憤怒的回望著他，對他說：

「你怎麼可以這個樣子？你太太是我最好的朋友，我是有丈夫的女人。你怎麼可以對我這個樣子！」

所謂這個樣子是什麼樣子呢？——也不過替她繫上圍裙而已，並沒碰到她一點，當男主人愕然時，她竟然奔過來，舉起粉拳，擂他的胸口，一面叫說：

「你怎麼可以對我這個樣子嘛！你怎麼可以對我這個樣子嘛！」

我們看到的，是她內在激越的情潮，起伏成發洩性的一片嬌柔，但男主人木然承受了粉拳，銘心刻骨有之，卻無行爲的反應，如此高絕的意境，在作者不經意中勾勒而出，眞是字字珠璣了。

在那之前，淑芳的丈夫撕了她昔年男友的情書，她來找他傾訴過，她和丈夫拌嘴，跑來找他傾訴過，他爲了調解，親自打電話給她丈夫，要他來接她回去，她和男主人黃先生在一起，細微之處，無一字不動情，作者在處理上穩沉細致，不慍不火，尤見其對題旨掌握的功夫。

我們選出〈粉拳〉這篇上乘的作品，旨在使一般有心從事短篇小說創作的朋友，能以慧眼擇取生活中看似平凡的題材，以獨運的匠心活化它們，使它有情致，有意境。

林鍾隆的作品，正是最値得學習的。

林鍾隆作品評論引得

許素蘭 編

說明：

1. 本引得依發表或出版日期先後順序排列，以一九八九年十二月卅一日以前國內發表者爲限；海外出版者，列爲附錄。
2. 若有舛誤或遺漏，容後補正。
3. 本引得承蒙國立中央圖書館張錦郎先生提供部分資料，謹此致謝。

篇名	作者	刊(報)名	卷期 (出版者)	出版日期
1.從〈粉拳〉觸探林鍾隆的意境	司馬中原	中華文藝	一一一	一九八〇年五月

林鍾隆生平寫作年表

洪米貞　編

一九三〇年　1歲　七月廿四日生於臺灣桃園。父林元福，母巫三妹。排行老三。

一九三七年　8歲　入草湳坡國民學校。

一九四三年　14歲　入楊梅國小高等科。

一九四六年　17歲　考取臺北師範學校。

一九五〇年　21歲　臺北師範學校畢業；八月任國小教師。

一九六四年　35歲　短篇小說集《迷霧》由野風出版社出版；散文集《大自然的眞珠》由國粹書報社出版。

一九六五年　36歲　三月，短篇小說集《錯愛》，自費出版；五月，中篇小說集《外鄉來的姑娘》，由國粹書報社出版；十二月，兒童小說集《阿輝的心》由小學生雜誌社出版。

一九六六年　37歲　發表長篇小說〈暗夜〉第四篇及第五篇於《臺灣日報》副刊；發表兒童小說〈雷雨中〉、〈擲魚〉、〈餓鬼的故事〉、〈颱風的故事〉、〈笥蛄〉於《自立晚報》；發表〈害人精〉、〈背書〉等兒童小說於《小學生》；發表極短篇小說〈病牛的故事〉、〈小花貓〉、〈情人的夜〉於《中華日報》；發表〈暗夜〉第六篇、第七篇於《文壇》；發表短篇小說〈峽谷〉於《實業世界》；發表短篇小說〈海風中的旗子〉於

《青年戰士報》；發表〈叛徒〉於《文林周刊》。

八月，童話集《醜小鴨看家》自費出版；九月，童話集《養鴨的孩子》由小學生雜誌社出版。

一九六七年　38歲　發表兒童小說〈媽媽的好兒子〉、〈燒蜂仔〉於《自立晚報》；發表〈暗夜〉第八篇、第九篇於《臺灣日報》；發表短篇小說〈一張榻榻米的魔力〉、〈那個美好的星期天〉於《臺灣新生報》副刊；發表〈幸福〉、〈暖流〉、〈那時候〉於《聯合報》副刊；發表〈新聞以外〉、〈憂鬱〉、〈夫婦百貨店〉、〈金絲雀〉、〈旅途上〉、〈心痛的人〉、〈運〉、〈秋風颯颯〉於《中華日報》副刊；發表〈女職員〉於《婦友》；發表〈死眼〉於《青溪月刊》；發表〈山路〉於《文壇》；發表〈小東西〉於《臺灣文藝》。

十月，長篇小說《愛的畫像》由水牛出版社出版；十二月，散文集《愛的花束》亦由水牛出版社出版。

一九六八年　39歲　發表〈結果〉及日文翻譯小說〈四十歲的男人〉於《聯合報》副刊；發表〈我的秘密〉、〈夫婦〉、〈女人的反抗〉及日文翻譯小說〈離了婚的丈夫〉於《中華日報》副刊；發表〈靈魂出竅〉及日文翻譯小說於《臺灣文藝》；發表〈理想丈夫〉於《婦友》月刊；發表〈偶然的痴情〉於《中國晚報》副刊。

九月，長篇小說《梨花的婚事》列爲省政文藝叢書出版；短篇小說集《蜜月事件》由商務印書館出版。

一九六九年　40歲　發表短篇小說〈渴〉、〈不死的影子〉、〈愛的假日〉、〈男人世界的女人〉和日文翻譯小說〈赤繭〉於《中華日報》副刊；發表〈祖母的回憶〉於《幼獅文藝》；發表

〈情話〉於《大同》半月刊；發表〈愛國英雄〉於《中央月刊》。五月，長篇小說《暗夜》由正中書局出版；十一月，兒童小說《好夢成眞》由教育所兒童讀物編輯小組出版。

一九七〇年　41歲　發表短篇小說〈鄉音〉、〈再吻我〉於《中華日報》副刊；發表〈情愛〉、〈黃昏之戀〉、〈天上人間〉於《聯合報》副刊；發表〈滿開的花朵〉於《野馬》；發表〈橋樑〉於《師友月刊》；發表〈少年的徬徨〉於「大衆」副刊；發表翻譯小說〈讀法國新小說〉於《臺灣文藝》；發表〈波瀾〉於《自由談》；發表〈我不喜歡丈夫的姓氏〉於《中華日報》副刊。三月，散文集《繁星集》由商務印書館出版；八月，童話集《蠻牛傳奇》由教育所兒童讀物編輯小組出版。

一九七一年　42歲　發表短篇小說〈情叢裏〉於《自由談》；發表〈某夫婦的一日〉於《聯合報》副刊。八月，散文集《夢樣的愛》由水牛出版社出版。

一九七二年　43歲　發表短篇小說〈有酒渦的姑娘〉、〈廿世紀的聖人〉、〈鬼差〉於《自立晚報》副刊；發表〈奇異的女孩〉、〈遠行〉（美好的時刻）、〈雲泥〉於《聯合報》副刊；發表〈大雨也阻止不了的豪情〉、〈雲影〉於《大同》半月刊；發表〈回家〉、〈我們的小世界〉、〈至友〉於《臺灣新生報》副刊；發表〈高大的影子〉於《師友》；發表〈泥土放香的季節〉於《中央月刊》；發表〈惡夢〉於《中華日報》。一月，詩論《現代詩的解說與評論》由現代潮出版社出版。

一九七三年　44歲　發表短篇小說〈那一天〉、〈希望〉於《自立晚報》副刊；發表〈田中先生的眼淚〉於

一九七四年　45歲　《臺灣新生報》副刊。四月，童話集《最美的花朵》由青文出版社出版；十二月，長篇童話《毛哥兒和季先生》由國語日報社出版。

一九七五年　46歲　發表短篇小說〈跟媽媽聊天〉於《臺灣新生報》副刊。發表短篇小說〈天女〉於《聯合報》副刊；發表〈寡母〉於《自由談》。發表翻譯日文小說〈流鼻涕的神人〉、〈天使的生活〉於《自立晚報》副刊；發表〈奇嶺少年〉於《今日少年》。十月，童話《奇妙的故事》由兒童月刊社出版。

一九七六年　47歲　發表〈夢幻曲〉、〈巴戞壓漏〉於《自立晚報》副刊；發表短篇小說〈西班牙鬥牛士〉於《自由談》；發表〈美婦華夫〉於《臺灣新生報》；發表〈還要更年輕些〉於《民衆日報》。

一九七七年　48歲　發表短篇小說〈結婚夢〉於《大同》半月刊；發表〈心事〉於《臺灣新生報》副刊；發表〈我的兒子在美國〉於《民衆日報》副刊；發表〈青梅竹馬〉、〈禁止的遊戲〉於《自立晚報》副刊。

一月，童詩《北海道兒童詩選》、童詩論述《兒童詩研究》分別由笠詩社、益智書局出版；五月，散文集《情緒人》、長篇小說《太陽的悲劇》均由水牛出版社出版；九月，翻譯長篇童話《信兒在雲端》由洪氏基金會出版。

一九七八年　49歲　發表短篇小說〈微笑〉、〈草坪上的女孩〉、〈冰姑〉於《中央日報》副刊；發表〈裝蝦〉、〈嘿！大嫂〉、〈擺地攤的〉於《臺灣新生報》副刊；發表〈戽魚〉、〈超人侍者〉、〈妻〉於《自立晚報》副刊；發表〈鄉下人捉賊〉於《民衆日報》；發表〈歸鄉情〉於《臺灣日報》；發表〈我要照自己的意思去做〉於《作文月刊》。

一九七九年　50歲
三月，童話集《爸爸的冒險》由同峥出版社出版；四月，翻譯長篇小說《魯賓遜漂流記》由光復書局出版。
發表〈三個寶〉、〈粉拳〉於《民衆日報》副刊；發表〈老校長〉、〈想不想吻我〉於《自立晚報》副刊；發表〈甜筒〉於《臺灣新生報》；發表〈心裏有鬼的女人〉於《民族晚報》；發表〈捉水鬼〉於《作文月刊》；並翻譯〈面頰〉、〈紳士之道〉、〈月夜〉、〈奔流〉等篇小說。

一九八〇年　51歲
四月，兩本譯作《少年偵探團》、《短篇童話傑作選》均由水牛出版社出版；十二月，兒童詩集《星星的母親》由成文出版社出版。
應文復會之邀創作短篇小說〈農夫的兒子〉、〈老兵和年輕人〉兩篇。

一九八一年　52歲
七月，散文集《生命的燈》由暖流出版社出版。
退休，結束三十年的教書生涯。

一九八二年　53歲
四月，長篇童話譯作《白馬王子米歐》、《沒有人知道的小國家》由水牛出版社出版；兒童散文集《小小象的想法》由成文出版社出版。
與李素勤女士結婚。
發表短篇小說〈一張牌子〉、〈跟踪新娘的野狗〉及翻譯小說〈花貓和毒蛇〉於《臺灣日報》副刊；發表〈隱居山中的女人〉於《自由日報》；發表〈賭博夢〉於《臺灣時報》副刊。

一九八三年　54歲
發表短篇小說〈我不要〉於《臺灣日報》；發表〈人性〉於《文學界》；發表〈女仙人〉於《現代創作》；發表〈寂寞的叫聲〉於《商工日報》；發表〈仙醫〉於《臺灣

一九八四年　55歲　發表短篇小說〈領班〉於《自由日報》；發表〈蛇木〉於《臺灣時報》副刊。〈新生報》。

一九八五年　56歲　發表〈那個老師〉於《臺灣新生報》副刊。

一九八六年　57歲　發表短篇小說〈黑夜〉、〈林投姐〉於《臺灣時報》副刊。

一九八七年　58歲　發表短篇小說〈阿球嫂〉、〈電話〉於《臺灣時報》副刊；發表〈泥〉於《臺灣新生報》副刊；發表〈媽媽萬歲〉於《婦女》月刊。

一九八八年　59歲　發表短篇小說〈一個男人〉、〈嫁〉、〈三等人〉、〈鬼話〉於《臺灣時報》副刊；發表〈最尖端的疾病〉於《臺灣新生報》副刊。

一九八九年　60歲　發表短篇小說〈一個美國兵的仁慈〉於《群聲日報》；發表〈雙人床〉於《臺灣時報》副刊。

國家圖書館出版品預行編目資料

林鍾隆集 / 林鍾隆作. -- 初版. -- 台北市 :
前衛, 1991[民80]
338面；15×21公分. --
(台灣作家全集. 短篇小說卷, 戰後第一代：10)
ISBN 978-957-9512-85-5(精裝)

857.63 81004077

林鍾隆集

台灣作家全集・短篇小說卷／戰後第一代(10)

作　　者　林鍾隆
編　　者　彭瑞金
出 版 者　前衛出版社
10468 台北市中山區農安街153號4F之3
Tel: 02-25865708　Fax: 02-25863758
郵撥帳號：05625551
E-mail: a4791@ms15.hinet.net
http://www.avanguard.com.tw
出版總監　林文欽
法律顧問　南國春秋法律事務所 林峰正律師
出版日期　1991年07月初版第1刷
2010年01月初版第6刷
總 經 銷　紅螞蟻圖書有限公司
台北市內湖舊宗路二段121巷28.32號4樓
Tel: 02-27953656　Fax: 02-27954100

Printed in Taiwan　ISBN 978-957-9512-85-5
定　　價　新台幣330元

3 名家的導讀

首冊有總召集人鍾肇政撰述總序，精扼鈎畫出台灣新文學發展的歷程、脈絡與精神；各集由編選人寫序導讀，簡要介紹作家生平及作品特色，提供讀者一把與作家心靈對話的鑰匙。

4 深度的賞析

每集正文之後，附有研析性質的作家論或作品論，及作家生平、寫作年表、評論引得，能提供詳細的參考。

5 精美的裝幀

全套50鉅冊，25開精裝加封套及書盒護框，美觀典雅。